爱你如初

陈广德 著

中国言实出版社

图书在版编目（CIP）数据

爱你如初 / 陈广德著. -- 北京：中国言实出版社，
2013.12
ISBN 978-7-5171-0366-0

Ⅰ.①爱… Ⅱ.①陈… Ⅲ.①诗集－中国－当代
Ⅳ.①I227

中国版本图书馆 CIP 数据核字（2013）第 318832 号

责任编辑：陈昌财

出版发行　中国言实出版社
　　　　　地　址：北京市朝阳区北苑路 180 号加利大厦 5 号楼 105 室
　　　　　邮　编：100101
　　　　　电　话：64966714（发行部）　　51147960（邮　购）
　　　　　　　　　64924853（总编室）　　68581997（编辑部）
　　　　　网　址：www.zgyscbs.cn
　　　　　E-mail：zgyscbs@263.net
经　　销　新华书店
印　　刷　文物出版社印刷厂
版　　次　2013 年 12 月第 1 版　　2013 年 12 月第 1 次印刷
开　　本　710 毫米×1000 毫米　　1/16　　20 印张
字　　数　252 千字
定　　价　38.00 元　　　ISBN 978-7-5171-0366-0

序

沈健

　　在穿越齐鲁大地的高铁上，徐州陈广德兄长通过微信平台"微我"：新诗集《爱你如初》即将付梓，能否写几句话？在欣喜与纠结中，我勉力应承了下来。欣喜的是广德兄一路痴心不改，对天地万物一以贯之地保持上个世纪 80 年代的敏感与热情，不断地通过诗歌构造了丰繁葱郁的心灵建筑群。纠结的是多年来与当下新诗间产生一种疏隔与麻木，怕我的诗性感受力与艺术领悟力比十多年前更为不堪，辜负广德兄的锦绣诗心。

　　在序《无伞之旅》时，我写道："广德兄一直在写着这种本土化的小诗。小诗，是他的另一个身体，是他的精神宅第，是他'献给无限的少数人'的苦苦耕耘着的纸上种植园"。我与广德兄相识于 1987 年的南京，时断时续的一些信件、贺年卡以及疏懒的问候，像运河里的水，长年流淌，波澜不惊。对他的诗也有一种相对恒定的语式印象与体态肖像，或者柔婉精妙有如唐宋绝句，或者刚直大器不乏汉魏风骨，但总体上看属于优美的范畴，仿佛我们共同的母亲河——贯穿南北大地运河边上一些精致、独特、风光殊异的临河民居建筑，窗扉欲掩还开，灯盏明暗相间，沿河的埠头上红巾翠袖，倒影中的砖壁瓦檐青藤蔓绕。那些情理相融苍翠欲滴的意象，让人在吟诵之余有着久无厌足的回味。这也是陈广德在当下群星灿烂的诗坛，能够获得新古典主义那一受众群体喜欢的基因之一。现在，通读《爱你如初》，诗人时空多元体积形态的拓展，美学多维焦点层次的丰富，线条的繁密，色彩的精彩，将我仿佛一下子猛地推入一个迷离滋秀的园林世界。如果说，《无伞之旅》只是水中倒映的雅致木屋瓦房的话，那么，《爱你如初》则将一个士大夫花掩石映的园林——甚至一个参差上万人家的水乡古镇展现在了纸上，并且虚掩着笛孔般的"诗眼"心扉，诱惑着读者的浏览与欣赏：

就请给我一双不再设防的手。
拆除心的藩篱，
裸露一条河的源头。
在清澈见底里，体味一种原始的
闪亮。心门洞开，让煦风
自由地进出，去敦厚里叙述一种
简单，和携手相扶的洁净。

一种和山川河流的肌肤相亲。我在
野百合细密的香气里，不再孤独。

——《给我一杯明月》

此处所写，乃是两性间灵肉一体的爱情事象，属于宫体诗那一路子的情色被过滤到了禁欲炽盛时代的洁癖地步，却又充溢了《原氏物语》那样一种若隐若现的美学召唤。这里有一种技术分寸恰到好处的把握，更有一种价值立场自然而然的逻辑站队。《爱你如初》中"情"这一辑，几乎都是这种写法，仿佛书香园林后花园的一些情景剧，红叶脉脉，情韵悠长，欲彰还掩，令人神伤。衷情于这一写法的广德兄，仿佛有如神助，天赐了一幅苏绣绣娘一般的细密针法，或者两晋书家绳头小楷笔墨，可以让鸟的目光转弯、授粉、打出花结，让树的根须在纸上云舒曼卷，尽情呈现了汉语的神性与光辉：

这个节日，就像午后的小憩一样，留在

汉字的酷暑里。经千年之后，不衰。

你也不衰。尽管年少的裙裾一再褪色，
月的光，总在孵出柔情，孵出柔情一样的
庄园。
其中的耕读，就无所不在了。

我的耕读，在诗书之间，渐渐有了游弋的
姿势。着墨书生意气，把柴米油盐
当作怀才不遇。
幸亏有你，左遮右栏，拍遍，敢为诗歌的
母亲。才有我的名字，在春天里啼叫，
万物葱茏。

还是你，坐在我的身旁，气定神闲。
以前世的雍容，组成一个词，
揉进，我的诗里，歌里，不可分割，
如同年年岁岁的七夕。

——《这个节日》

　　这首诗大约一定是写给夫人的，"把柴米油盐当作怀才不遇"，乃是我们这些80年代出来的诗人通病，鹰扬江山，独步环宙，却不知背后默默支撑着我们的是家庭、妻子，是母亲以及整个家族、朋友。广德兄有感而发，将七夕节深植于家庭土壤之中，情动于中而溢于表，呈现了东方情人节的诗情画韵，意境绵渺深远，语言摇曳多姿，散发着席勒式宝石的光辉和温庭筠式玉镯的体温。
　　祖籍山东德州的广德兄身材高大，阳刚帅气，即使在年近退休的今天依然挺拔轩昂，理应是豪放、宏大、雄壮，近乎黄淮底色的人，何以笔端流溢着一种细、小、柔、深、幽、雅等南方雨水的特征？这也许是值得探讨的话题。以下是《水舞台》片断：

> 一滴水，让我看见了一折一折的招式。
> 先是水袖，以投、掷、抛、拂，兑进昨晚的
> 黄酒，让风生水起，
> 抓住与当下的一些链接，和欲的
> 流转。目送手摇。

将一滴水拆开，折叠，拉抻，杂糅，与京剧舞台上旦角的"水袖"并置一体，在一滴水中"投、掷、抛、拂"，传达出幽邃绵邈、仪态万方的动态画面与灵动情绪，将读者投入了美的微微晕厥之中。在这里，我以为起作用的不仅仅是一种技艺的精湛超伦，而是一种诗心本体超凡的耐心、自信、镇定，是让诗歌重返唐宋瓷器艺人那样一种忘我境界。在今天这样一个被物质化冲蚀得支离破碎的时代，写此类诗，炼此类功，需要的是一种对汉语的坚定信念与不移挚爱，不管世界如何沧桑，也不管时代如何幻变，可以"背井"，永不"离乡"。

考之以具体文本，广德兄细密如苏绣、精美如晋楷、巧妙如造园的笔法，比如对句顿的刻意阻断与大胆扭转，对意象群的活用连动与双关使动，对现代口语的诙谐穿插，对中古雅语与传统诗词元素的偏爱选用，都有一种可以总结提炼的写法深蕴其间。如果可能，我们可以用苏州园林造园法或者苏绣针法的美学原则——雅、宜、巧、慧或者直旋、滚套、散错、编戳来——析解细读，从而解出其诗笔处处有景，诗行步步有情，诗段步移情异，篇幅虽小却境界阔大，物象古奥却诗意鲜活。不过那当是另一篇论文的任务了。

瑞典皇家学院给特朗斯特罗姆授奖词有一句话："对活生生的日常生活的通透体悟"，我想，这也一定是诗人陈广德成功的秘诀之一。写诗与做人，创作与生活，高蹈的梦想与低处的现实，在陈广德那儿早在上个世纪80年代就融为一体了。几十年过去了，仿佛生来就是为完成一个汉语赤子的艺术使命，以伟大汉语的神性与光芒守护者的身

份，通过"挖掘"来承传传统，透过"营造"来重建价值，着眼"梳理"来光大德性，立足"铸造"来持守信仰，因此他一走到哪儿，哪儿就投下一片诗意的绿荫。

坚守，这决非轻松容易。据我所知，广德兄在黄淮大地一带也属一屏令人景仰的风景，写诗则为华东名家，做影视则为亚洲微电影金海棠奖获得者，做公务员吧，也算得上一方水土的父母官，然而却几十年朴素依旧，低调，谦和，大器，充满激情，像他笔下的瀑布那样：

不要回头，不用回头，就让香气留在你的
心底，就让这一切成为
禅境的背景。在尘世的因缘里，
映衬她们的宁静，和安详。
　　　　　　　　——《仙泉瀑布》

在高铁呼啸捭阖中，泰山依然浑厚无语，黄河依旧泥沙俱下。十多年前序《无伞之旅》时，高铁遥远得像一道纸上梦想，我与广德兄之间只有一虹新长铁路，而今高铁横亘在我们的生活中，成为全球化时代汉语江南的另一种徽章。在这日新月异的幻变中，亘古不变的是什么呢？是我们之间的情感运河，是时间的流水，那永不涸竭的人性的诗意元素，波澜不惊，长年流淌，曲水山魂，梦牵心萦。

是为序。

（沈健：教授，诗人，评论家，现供职于湖州职院）

情

陈广德

爱你如初

目录

CONTENTS

陈广德

爱你如初

目录

CONTENTS

景

陈广德

爱你如初

目录

CONTENTS

陈广德

爱你如初

目录

CONTENTS

陈广德

爱你如初

目录

CONTENTS

陈广德

爱你如初

目录

CONTENTS

物

陈广德

爱你如初

目录

CONTENTS

陈广德

爱你如初

目录

CONTENTS

事

陈广德

爱你如初

目录

CONTENTS

9

陈广德

爱你如初

目录

CONTENTS

陈广德

爱你如初

目录

CONTENTS

陈广德

爱你如初

目录

CONTENTS

爱你如初

陈 广 德

◆ 情 ◆

在一座可以听雨的亭子中，拂去
那瓣掉在嗓音里的落花。
一不小心，拂出了倒影里的一丝
慌乱。小径旁的那株幽香，
因此挂满了深情。

——《英台书院》

月满西楼

我吻过的圆月满溢在西楼的倒影里。
你沏茶，也有一片
月光，在前世的净水中沉浮。

走过用清静的石砌成的路，我的
一袭长衫，便有了
你的青眼和牵挂。我绕进茶水的
袅袅，一个踉跄，
就掉进了你纤手制出的一剪梅。

是宋词的心事，可以在运河里回荡。
我就着月色饮茶，
要小口，不能一饮而尽。甚至出神，
也是一种可以沉醉的，理由。

就让茶杯不空，就让心事站在
宋词的肩上，眺望，你，和茶的
清香。

运河之上的圆月睡不着了。她
照着前世的我，抵达
一段不老的时光。让你和西楼一起，
突然就有了透明的翅，突然
就有了潮汛……

英台书院

需要一双蝶翅，把我不期而遇的
锦鲤，翩翩成线装的书。我读，
用前世的嗓音，把
一个名字，读成了水调歌头。

在一座可以听雨的亭子中，拂去
那瓣掉在嗓音里的落花。
一不小心，拂出了倒影里的一丝慌乱。

小径旁的那株幽香，因此挂满了
深情。如同曾经失眠的我，
把质地缠绵的文字，
放进租来的梦里，繁衍成诗帕。
并且，在越剧的柔肠中，
注入一些魂不守舍，
扯月色铺一条路，让十八去送。

就用十八相送，晶莹成十八弯
水路。用我读过的书页，
折叠成舟。折叠成一艘叫做钟情的
舟，渡依依，渡不舍，
渡蝶翅上斑斓的绝世之恋。

直到风，能够在水一样的时光里，
尽情地流。

沙滩浴场

净月潭西北。我看见一湾平沙，在晴空下，
结出锦缎般的温馨。
像是我的母亲，在梦里，漾给我的微笑。

那些舒展的细浪为了我，开始飞翔。
作为清风的知己，我分不出这些枕着波涛的
沙，是不是也在用腮呼吸。
会不会长出羽毛，去落日里完成
一种阔大的平淡。

沙滩浴场。我把赤足的虔诚泊在石羊石虎山下，
让十趾兰草般感受大海的心跳。
你的名字就在透明的心跳中熠熠生辉。
云深处，有一支歌谣，如同那条幸福的黄丝巾，
晃动鸟鸣一样的寓意。

让赤足亲近在海岸的风情里，如同湿润的
目光回到挚爱的心灵，成就一次
珠联璧合。一棵行进的树，走在有家可归的
坦途，就有了毫无遮掩的忻悦。

曾经的流浪，因为这些丰盈的滋养，已经
绽开金子黄色的光。那湾净水，
在骄阳之后，长出了十八座桥一样的发簪。

从天而降的长发，是一粒注定
要发芽的种子。我在可以落雁的沙滩上，
不能自已，竟让那串浅浅的脚窝，
捡起了一场能够继承的爱。

温润，在绕梁的恍若里

温润就是唯一。原谅我！原谅我
从心尖尖上吐出的这句，
骨碌碌，就像秋月在枝头上的成熟，
不加粉饰，如你。

是玉。天生丽质，淳朴着与儒雅
称兄道弟。兴奋也能绕梁，
胸口从此不虚。
不虚的，还有生命的此行，
还有在低处，滋养干涸，挤走孤寂。

三十年白云苍狗，记不清在草丛里的
起伏和嬉戏。一切都恍若隔世，
恍若隔岸相望之世。

只是离不开水啊，离不开天光水色
对灵魂的沐浴。

陌生：葱翠之旅

每次。都给我惊异！以微毒，以丰厚，
以淡淡明媚，汨汨清幽。

水光潋滟。你以弯月的痕迹，借暗香
袅袅。也会羞怯，
也会赧然在拥抱之前低头。

是读不透的青山一座。不循旧径，
咀嚼也挥洒着悠游。
移步换景，是风光旖旎的葱翠之旅。

一程程，感觉不到时光的流逝，白发
已上两鬓，来世已在心头。

一些话语

一些话语，在未曾相逢的细节，和你的唇边
落笔。春色三分，在三十年前写就。
养一分流水，都是桃花，装满人间的日子。

因为有你。我省却了锦书，谁寄？一弯彩虹
如鹊桥，横跨于水天一色的辽阔。一睹你的宽容，
我什么都有了。再睹，无数鱼群翻飞。
情怀里浪起漫起诗句一样的飘，和浩渺，
是不系之舟，不消不散。

香烟袅袅。不说话。我就是寸步不离的话。
不归隐，就在俗世的尘里透明，就如杯中的月光，
白头偕老。白了的头发也是话语，唠叨
偕着那枚精致的鼾声，沐浴

到老。有弱不禁风发芽，我是你的拐杖，
你是我的。执手。回首。可以触摸
那些敞口的盆盆罐罐了，都有玉一般的温润，
至爱无言。

担当，且至纯无语

你的柔肩是玉，担当了人间的琢磨，
更显出润滑如洗。

本可以避之于华厦，却常常面对
乱云，敢担风雨。就因为
是柔肩么——在亲人微笑的背后，是你的
默默付出。爱和泪，滴滴赤诚，
凝结成琥珀，凝结成温柔敦厚的琥珀。
宠辱不惊，至纯无语。

世间因此多了一些平坦，读懂你，
却常常让我愧对这七尺之躯。

午　后

透明的午后，在并不慵懒的呵欠中，
降落。

却隐姓埋名。

绿荫掩映的堤岸，水域很窄。
很窄的水域，在漩涡之上，写满
波澜不惊。

是新鲜，翻山越岭而来。终于翻山
越岭而来！
在午后，如风，

吹动黑白间生的发丛。

这个节日

这个节日，就像午后的小憩一样，留在
汉字的酷暑里。经千年之后，不衰。

你也不衰。尽管年少的裙裾一再褪色，
月的光，总在孵出柔情，孵出柔情一样的
庄园。
其中的耕读，就无所不在了。

我的耕读，在诗书之间，渐渐有了游弋的
姿势。着墨书生意气，把柴米油盐
当作怀才不遇。
幸亏有你，左遮右栏，拍遍，敢为诗歌的
母亲。才有我的名字，在春天里啼叫，
万物葱茏。

还是你，坐在我的身旁，气定神闲。
以前世的雍容，组成一个词，
揉进，我的诗里，歌里，不可分割，
如同年年岁岁的七夕。

经　过

最低处，你藏身于此的秘密，
在带毒的回首中，自然
流露。

谁也不会想到，那尾鱼，
含羞的燃烧。不可遏止！且无药可救。

只是我顺从了本能，顺从了
一个词的本能，成为不经意的渡船。

神说：凡祈祷的，都会实现。

湖泊，和深水里的鱼

无欲无争？或者借飞翔的水鸟，表达
一种愿望，紧贴着水面。

还可以轻轻波动。波动得
找不到破绽。此刻，辽阔是守望的
月台，月台是空空的蔚蓝。

不忍回眸。不忍心在回眸中泄露出
征服。而那个被称做莲的，
正举起一枚芽苞，摇曳隐忍的痛感。

沉潜，与水草的相遇

水静无痕。水草因此于水底茂密。你
从来就沉潜在湖心，沉潜
在有月的湖心。以长裙曳地。

内心的光华，是你与生俱来的美质，
从不与环境为敌。有浮鱼游近，
好奇你水草般的衣裙，和与水草的相遇

风吹来，你不动声色，依然静寂。
只能用同样的沉潜，
在同样的低处，才能发现你万之二三，
你栖身之处的水面上，
绝少有水泡冒出，从未见
水花逸丽。

取之不竭，傍之有力。我就是深水中
那尾幸福的鱼儿么？能够
环绕在你的前世今生，
挽住你，挽住你的臂弯，不离不弃。

桃花节：小路上走来的你

和你发丝上的那瓣桃花。我把你交给我的
手提包当作发芽的柳，杨柳。四野的
拔节声，灿烂最静寂的上午，旁若无人。

那瓣桃花。有握手的欲望，在我唱歌的
姿势里，怀旧。驮着过往的鸟的身影，
如同在春天里伸展的年龄，
和烫人的露珠。我用笔钩住最简洁的，弧线，
让云朵放肆的白。

桃花。解开衣衫。把脸庞的颜色，
投进我的心灵。而狡黠的水流，只荡出
一个漩涡，就远走他乡。

不忍拂去，你发丝上的那瓣桃花，
就像不忍抻直那些思念的皱纹。曾经
流浪过的桃色，不是新闻。
就像我面对清新的桃花，只能让没有运的
隐喻，在命定的远方招手。

大 气

抖落琐屑，以亭亭之姿透露了大气，
就昂首挺胸么？

却在森林的怀抱里，忘记了自己。
之所以放得下，还因为拿得起。你是
巾帼丽质，也让位于须眉，
让位于闲岚野云，春风桃李。

皓齿微露，以从容隐入寂寥，让洁净
承载过往未来，承载情义。

那日午夜，在我初恋般的醉意里，
你羞涩一笑:天地高阔，自己还只是学生，
是仆役，是随手捻起的尘埃，
是尘埃中的小小一粒。

见梅：和凡念一起

梅花。一瓣一瓣。和我的凡念一起，
任性地空守出不合时宜。
一些草，颓废得看不见影子，不说。

就不说，冷峻的刀，借给风去凌厉；
就不说灰色的云朵儿，
堆积上暧昧的脸，暗淡，
写不下城墙的拥挤。等我。等我拉紧
进化的外套，用目光，行进在风之中。

一瓣，是可以入药的情义。如泣如诉，
不取裂帛的拖腔。微微，
是我手中紧握的名字。一瓣，是
风中的暖。不说严相逼的经历，
去年我植下的问候，有一粒晶莹了，
就把传言，星散为过往的车马。

一瓣。不要人夸。把默默无言的色彩，
紧缩成体温一样的风景，水滴石穿。
一瓣。如同脉管里的阳光，走遍
千山万水，镶嵌执着。一瓣。先于叶，
也不告诉我，逆来顺受的体验。

就不说吧。梅花在冬夜的星空里，已经
随香潜入我残留凡念的心中。成为一种内涵。

拾梅：在断桥之外

是一段路。就在长满锈迹的刃，和雪
做的节日之间。无法选择，
用锦缎铺就的封面，趺印，红色的。
在月落时分入梦。或者
把玩一些宽阔的门。

向前延伸。春的暖就可以濯缨了。
那时，秘而不宣的锦囊被打开，就有
一片鹅黄，翩翩而来。就有在清冽中闪动的
绿，熏熏然，招呼来去的云，
用汉韵，书写远走的容颜。

向后展开。秋的舒，和爽，还会
旁若无人的昂，一任遍地黄金，去
夕阳里孵化。

赶上了。就是这段路。在瓣瓣更加晶莹的
雪花到来之前，且孤。别具一格。
且香。不输一段傲骨。后来
就把那篇叫做
笑靥的帖子，发在烂漫之上了。

与梅：邂逅在念想里

这一刻，我把心底的光泽全部用来照耀：
幸福！可以简单到默默地相望。
一枚香，有如诗句，是百里挑一的
情人。

掀起空蒙的尘世的帷幕，在剔透里牵手
如玉。那些被煎熬打磨的铃声，
一串串，在洁净里透明。走过的路
都成为可以抵足相谈的温暖。细眉如月，
已经穿过薄雾的挽留。

这一刻。我把马放在南山的阳坡上。
在临水的记忆里描画一些清风，徐徐。
用聆听模仿窗棂开合的招式，和酒杯满了
又空了的离情。一些念想会飞，
会在等你的时候纷纷，飘飞。

飞成我心房里的舞蹈，年轻的山，水，
正在呼吸来生的小调。

这一刻！千年修得同船渡。在船底下
读书的鱼，是水中的小小才子，以
啧啧称羡的速度，大声朗读。空下来的
时间，可以妙，不可言。

唤　醒

你的箭镞！穿进我便流下了唤醒的血滴。

感觉已潜回麻木的肢身。复明。返青。
呈现。直立。
失而复得。无法抗拒！
所有的毛孔都被打开——以前世的
怜悯和锋利。

唤醒的不仅仅是春天啊，还有漫长的
白夜。夜的敏感，
夜的姿色，夜的典雅，以及夜的
馥郁。

拉开今生的帷幕，有泪，在梦醒时落地。
一声响亮！是你的喷薄而出，
是我的情不能抑！

这个清晨的一切声音，如同美酒，悄悄
飘出了醇，飘出了
对唤醒的一饮而尽，和款款赞誉。

眷恋：水和石的关系

是石头！不是摸着能过河的石头，
是水落石出的石头啊。
默默地，承受也回应着水流的
眷恋，生长也蓬勃着离开水的滋润，
就会老去的苔藓。

岸边的风景，早已无暇顾及。
面对石头，飞溅的浪花是心底的
火苗，撞击的涛声
是激情的宣言！索性把所有的
时间，都交给
石头去安排，安排出精美的
漩涡，瑰丽的循环。

世间万物，朴实莫过于水和石了。
而由此形成的亲密关系，
正以水流的方式，常见常新，
连绵不断。

给我一杯明月

还是给我一杯明月吧，在时间的沧桑里
退隐过的明月，以再度开放的
宽容，照见遥远的我
和我的亲人们。还能用脉动着的
柔软，遏止那层硬壳的逸出。
不再麻木。

让鲜亮的依旧鲜亮，承载心与心之间
向善的柔情。

给我在杜甫草堂里的沉思。
让闲下来的
目光，被秋风，带进广厦的
字里行间。与一位
清癯的书生相逢一笑，我的笑，
能开成秋风中的菊么？
能在惆怅里倾泻一些温暖的
触摸么？

就请给我一双
不再设防的手。
拆除心的藩篱，
裸露一条河的源头。
在清澈见底里，体味一种原始的
闪亮。心门洞开，让煦风

自由地进出，去敦厚里叙述一种
简单，和携手相扶的洁净。

一种和山川河流的肌肤相亲。我在
野百合细密的香气里，不再孤独。

有 风

你来的那天，有风。你是风中最美的
叶子，哗啦啦，带来家园的温暖
和激动。

眼前的绿，都倒向春天了，在风中。

澎湃的浪花终于有了出口。天空
飞起来，飞起来！
时间融化为大地的侧影。

风儿，是风儿，
把玫瑰读成了火焰，把火焰
读成深情。

情不自禁！摩肩接踵的，是呢喃，
是梦？

喀纳斯湖，在情歌的上空

有些冷了。冷在我早起的静里。那些水洗过的
蓝。更高更蓝了，是你纯净的源，一尘不染。

在元朝。树们已是壮年，爱着万里晴空。不变。
薄雾里的私语，让风吹远。你在草丛里捡拾诗句。
云断处，风情一页页翻过来，秀，
像是我绾在星星上的流苏。

秋光野云，是我心里一次次暖过的玉。一声
长调，扑簌簌，像是树叶上坠落的霞光。水色
且浓且淡，是矫健的翅。留一帧水墨姿态，
就扔下了我，独自。远走他乡，亦故乡，看不够。

又有不知名的鱼儿驾浪而来，是我写给你的字。
一撇一捺，在岸边，在小木屋的脊上。沉着。
纵容那些等待。在情歌的上空，游荡。
一人。一马。一鹰。一风。有如衣袂翻飞，
和你此时浅褐色的清澈。

那些貌似流浪的草，属于水了。湖水。
水流我不流。走在厚厚的纸上，不知烟霞已老。
就把节气装在透明的瓶中，被你饮下，
就有滴滴月光洒泻，就有我，蘸起月光，
缝补昨夜，被小雨撕开的，梦幻。

繁　衍

把一点点慧，繁衍成一场大火。
不！这不是你的过错。

童话远去了，风还在吹，吹去浮尘，
吹去时间上的僵持。
朦胧中，有石雕渐渐生动。

星光不惊，我却稳不住身形。
是谁？敞开了芬芳，携带一匹马，
撞进曾经紧闭的月亮门。

月色，浓淡了宋词，有音符
从往事中起飞。

那场大火，来得正是时候啊，
不仅仅灿烂了一个季节——有只
重生的凤凰，在振翅之初，
已诗意地点击了存盘。

布谷声声里

在传说中开放的这些啼叫，已经升腾成
凤毛麟角了。清晨在梦里捡拾
阡陌上打苞的野花，和我水一样的
诗句。

田垄醒来。带着远古的使命醒来。月光，
曾在词牌里打造透明的婉转，让一株禾在
绿色的浪里起伏。风流。去春天的边缘
恋爱。我听得见不为人知的涟漪
有凤来仪。

回旋。一片风，在这开阔的船上把盏，
像是思念故乡的小曲，穿墙而过。
把一些节气，写成声声惦记。不忘
禾苗后来的名字。要早起挑水，
我浇园。

亘古不变。总有声声，如同对书生的
期盼。至于把栏杆拍遍，与我无关。

所有的手指，可以停在鼓胀的颗粒之中。
种子，也是醉了的羽毛。我想起了
飘逸的长发。且收。且成
和田畴上空一掠，再掠的身影。

空 寂

原来是一棵树。后来是两棵行走的
树。这样，每一圈年轮，
每一个枝梢，都有了某种联通。

无数盏灯发出风一样的光芒。
夜色更深。

岁月之外的那条小路，
越来越短了，短到放不下晃动的
身影，放不下剖开的年轮。放不下，
就选择覆盖，或者，装进心胸。

只是，在一棵树返回原地的时候，
小路长了，那覆盖
被一点点抽空。

回望：有一片波光

在去滩涂的路上收获一些清风。可以听见丹顶鹤
飞翔的身影，和她们的不期而遇。在早起的
芦荻，被镜头关爱的芦荻的
视而不见之中，一声用银子打造出的经典，
递给我灰椋鸟的歌咏。

秋高气爽。无数目光的悠然，一任芦花，
在清风打出的横幅边舞蹈，不断
变换的背景，是爱在无拘无束里的丰富。阳光
留出一片一片的空闲，让浮生来偷。

我的笛，可以拂去梦境的姿势了。用眼睛
酿制草滩的音调，和那朵野菊花的方言。
谁的银发，是可以跳跃的温暖，还有
孩子们银铃一样的笑声。来时的远，
是盐蒿草久长的种子，把思念系在风的清上，
成为一首诗里发芽的果实。

后来，就有一片波光，以透明的语言，
把握了你每一次的回望。

那片水：触手可及

让心的翅膀涉过那片水。十一月的水，
是成熟的葵花们垂怜的地方了。
色彩开始沉静起来，如同那些在月光里，
走向完美的声音。柔情，抵达
神清气爽的秋之高，和触手可及的纯。

就把长发盘起。在游鱼的对面，我看见
风景开阔了。这时，谁在朗读一本有关滩涂的
书，和她落日的绚丽。那些在白色封面上
掠过的鸟，把翅膀收起，就成为
我身边的诗句，就有袅袅婷婷，
落在了静静的水中，且典，且雅，
不离不弃。

就让这些身影，如此轻盈地红吧。
一点红。把今年的腰肢舞出透明的水，
从我的右手中飘过，就有一只鹤
朝着我的梦境里飞去。

朝向母性和月色的源头飞去。

转　机

漫漫长路，谁能一次飞抵？
转机遂成自然，不必计较进出，

等候。在去夏威夷的中途，东京
成田机场的空气里有你——
包围是一种幸福。

来去匆匆的人群，原谅我
熟视无睹。正像无人在意我的执着——
思念，在万米以上的孤寂高空，
降落到熙熙攘攘的
候机厅里，两个小时了，仍然
沉溺其中，不愿走出。

远离是一次锤炼，吹去浮光掠影，
于转机时，
体验天上人间，情丝如瀑。

月芽之后的丰盈

月芽之后，是开花的美丽，情不自禁，
你在绿叶中满面春风。

水色清冽开来，沟壑已经填平。
芬芳亮了，园子亮了。我的
双眸，你的双眸，闪现出温馨
与从容。

升腾起夏日的盛大，鹊桥的盛大，
圆润七夕的倒影。也许以后，
还会有前世的隔山望水，还会有
今生的失眠接踵……

但是，有了永不丢失的激情密码，
有了无法仿制的盈盈相拥——鸟语，
正喷薄出万紫千红。

云中锦书

眼底的运河在你垂下的帘子里迤逦着。
我就是河边的书生，用怀才
不遇走成清瘦。那些映不进你眼帘的
门楼花窗，险些让我体力不支
——正向我翻出白眼。

你是古书里的那瓣笑靥。是
漫无目的的散步时，那处可以
接纳我的田园。
你随手一丢，像是无意中飘过来的
诗笺，带来运河的波光，
和心底的慌乱。

我读过的书，突然就有了晚桂的香，
和相思的微澜。余下的体力，可以喂马，
可以劈柴，可以浪迹天涯，终不悔，
心中有了一块柔软。

我蘸着运河的水写诗，把那抹
月色，写成桃花的鸣叫；
把那次潦倒，写成一次痛不欲生的经历。
再写你的素手，扯起我今生的帆。

运河潋滟。锦书蜿蜒。
总有一个情字，让人生饱满。

天　籁

由远而近。由远处翩翩而近。或柔
或刚，或浓或淡，都脉脉含情。

山崖。水塘。天际的风。
花的开合。柳的婀娜。鱼鳍的飞翔。
鸟翼的遨游。蝶翅的灵动。以及
雪的飘逸，雨的倚重……
都蕴含着抚慰，蕴含着天堂与尘世的
诸多品性。

是用五千年质朴锤炼出的歌声，
为了在凡尘里沐风踏浪与你牵手的我，
为了
占据在我的心中。

低调着的清秀

无处不在。你流动于宽厚之中。
以根的姿态面对雾霭，祥云，
风雷，雨雪。不怨亦不悔，不争
且不露。

也有甘霖润物，不讲来处。
动情时，你亮眸一闪，又隐入幕后，
隐入峰峦叠嶂之后。在
众里寻她，寻不见余波万一，
风拂杨柳缱绻，有树。

我自足，今生无他求，
有你，就有灵感，就有在苍茫的
光阴中，关于清秀的思悟。

起　落

如果是只鸟儿就好了。起落，类同
行走。而我们是人，是用脚
行走的人啊。

借着飞机的翅翼，升空，落地。
其时，用嚼口香糖的吞咽，
缓解对耳膜的压力。

哈哈！神奇的吞咽啊。至于仰视、俯视，
都是别人的
事么？谁能做到与己无关？

落差。尖叫。眩晕。空虚。以及别人的
目光带来的内伤。

只有时间能够抚慰么？还有，还有
搀扶着
蹒跚的我的，含泪的你。

安慰，不仅仅是安慰

摇晃！准备和不准备，其实
都一样。来了。有安慰和无安慰
却并不一样。

在空旷的荒原，抵达
是一种安慰。对于被成熟的风
吹向倒伏的小麦，收割
也是安慰。面对悬崖，你的牵手
就不仅仅是安慰了啊。

瀑布！珠玉在相恋中飞溅，
是降落时的美！

升 华

在月光之下。走着走着，那个坑
被奇迹般地填平。我
和你，很久没有这样走了，清朗
又回到内心。

世界在那一刻变小，小到在针尖上
舞蹈。三月！阳春的背景里，
有什么在袅袅。

一阵清风！该飘的都在飘走——
那些总爱流浪的浮尘。
该落的全都落下——那截不肯离开的
枯枝。

我又一次纯净的心底，有什么
澄澈起来。如同一次沐浴呢，澄澈之后
你的星子在夜空里升华。

故乡正午弯腰的影子

用芦苇青葱的颂词，唱给铜质的欢乐。
被端午节期待过的影子，和故乡
正午弯腰的影子，让熠熠发光的流水
走得很远。

在农历闰四月之后，阳光，已经是收割后的
麦田，最盛开的花。那些栖息在
稻草人上的歌谣，四散为影子里珍珠一样的
汗滴。游牧在土地和阳光
之间的精灵，让更多的日子
长满爱情。

夏天。把春天的花粉和鸟鸣一起变成果实。
累累的果实，端阳的果实，占据
目光所到之处。母亲的气息
一次次进入我的梦境，打开所有的
城门。

肃然起敬！那些来自故乡的全部爱恋，
漫过至善的水，用苇叶的剑，
穿过我的心脏了。弯弯的小船，
停靠在带露的清晨，一遍遍地聆听，
那些红豆发芽的声音。

忍韧，是那杯无怨

与氤氲相邻。你无所不在，
又似乎无处可见。只与我的暴躁，相依
相伴。

霹雳袭来！树折墙歪，沟壑纵横
而出，浪涌波翻。而雷歇雨停之后，你
悄然端上一杯无怨。

疚痛总在这时噬咬，可我
又常常忘了这撕心的不安。是你总是拂去
我的软弱，扶起挺拔的枝干。

岁月不尽流淌。河边，
我等待施舍的倒影，一波一波，
是你的拥趸。

平 和

清澈如镜！是泛舟之后的良港，
停泊遂成渴盼。

弥合千孔百疮的心房。安慰风刀霜剑的
欺凌，温暖暮秋的饥寒。

一个吻，就卸去了满身的
疲惫，放大时光的嫩黄和柔软。

江天正阔！有风或无风，
都掀不起波澜。

让水无法洗去的香

是随身携带的香囊。在我的梦里
一遍遍芬芳着初夏的光景。手掌上长出蒲剑的
指，伸舒在星星与露水之间。任其滴落。
把龙舟划动之前的静寂，映衬的更加贴近。
夜阑更深，我看见朝夕相处的亭。

袅袅上升的烟云，在她们曾经拥有过的朴素
和鲜艳里，至真至善。用一段和中辟浊的艾叶，
吹奏出葡萄架下，我喂养过的良宵。

从千年的渡口等来的场景里，那缕香
用最纯的月光，笼罩清澈的石头。
栖在我梦里的楚辞，把在汨罗江中长出的
经历，传授给一种舞蹈。美轮美奂。

那些让水都无法洗去的香。在粽叶用过的
时间中央。可以抵达汉语的高度，和
广阔的诗的背景。农历五月，正用她的体温，
和不离不弃的曳地长裙，让我想家。

隐　藏

月亮的背面！你无人时的泪痕，是
阳光下曾经的露珠，我展开足够轻盈的羽毛，
遍寻不见。

把唠叨和埋怨都隐藏起来了。秋高气爽，
给了我无尽的赏读，无尽的思念！
是的，连这隐藏
都是我梦里的滋润，和蔚蓝。

时光不能驻足，让你的容颜
多了磨砺。惟有娴静，透过坚硬的岁月，
不变。

没有你，和你的透明，我会空无一物，
包括今夜的无眠。

天然，无边无际

天然去雕饰！像月光一样恬静。也如
山花，
自言自语在透明的旅途上，想怎么开放，
就怎么开放。

吐蕊。钟情。拔节。驰骋。山野
风中阔，清泉石上流。
在石上流过的，
还有无拘无束的朴素和自由。

亲切！亲切在抒情中聆听。
举手投足，无不带有美感，乐韵，
又那么从容。

一路走来，有颗颗闪亮的珍珠，
写进我的心怀，
以无边无际，让无尽无穷。

翩然而来

繁花之后。横贯千古的恬静。
你浅浅的窗帘上，有绿枝拂过云层。

蝉声，不能叙述故事。意味深长，
在安详里鲜活。
你的一生都是积累，斜阳仍然从容。

河流清澈见底，目光施舍澄明，无怨
无嗔。青波白云之间，
有扁舟浮动。

孕珠的过程已远，晴朗
铺展宁静。我沉淀了杂念，有旷达翩然
而来，
你衣着得体，步履依旧轻松。

真轻松。我已融化在，持久绵远
之中。

天性使然

是正在流着的文章。锦绣文章。
汩汩而来。如同
没有红绿灯的街道，两旁的
树是动的。岁月川流不息，
无法遮盖。

呵护破土的草芽，蚂蚁正在搬运
晨昏。一根根抚平我
竖起的白发。你以一杯清茶，不动
声色地，深埋了寂寥。

在天性深处。有云朵的模样。

感　召

在梦里抬起头来，看你蜜蜂一样。
不倦。有芳香的一匹绸缎，在熹光的
芽尖上，谱出了一支谣曲。

弧线。从静谧中纵情辽阔。
我睁眼闭眼，都是被流水漫过的印象。
索性把鬓白发灰，以暗送的方式，
交给波澜。

我按住内心的汹涌，按住
对早餐的热盼。以梦的最后一缕妩媚，
织成雨蒙蒙的镜头，织成对默默
付出的感恩，和深深依恋。

收敛残存的清高。让感召一次次
唤醒温良
俭让，唤起我的灵感。

还是服从

涉水而去，不要被浪花消融。坚硬
和柔软，在一声声号子里
变幻着舞姿，且如炊烟般袅袅升腾。

才离开母亲的视野，又在三月里与你
相逢。一次次，峰回路转，
一天天复活汉字的神性。身不由己——
让风，在血管中呼啸轰鸣……

女王登基了！所有的窗口都溅起涟漪，
感受漂浮和光明。一种
弥漫，毫无章法地裹挟着颤栗，
如火如荼，在我的
额头上，烙印出：服从

没有昵称

喊你的名字。一直喊你的名字。
那两个尊贵的字，已经有了玉一样的
润。没有入诗，没有像诗一样
四散开来，只是一遍遍，和着月色，阳光，
疾风，斜雨，沾着露，
紧靠时序的心脏。已经有了云朵一样的
暖。和如花的光景一起。

让所有的气流降落在声音的开合上面。
如故乡。在纸上，在微微曦光
拂过的纸上，生长出可以念想的姿式，
越来越开阔，越来越茂盛了。

质朴，自然，还要优雅，通体上下
都有着起舞的声音。一尘不染。
在水中游弋，在谷底开花。在家乡的
深巷里，披着轻柔的
光亮，会情不自禁地发出声来。

一声喊到底！千年万年！喊出雍容的
紫和梦境中的浩渺。一层层
温馨，拥抱着往返不息的恩爱。潮声起了，
衔在透明无邪中的潮声，让芨芨草
倒伏一片。时光的
栅栏，以匍匐的孱弱，看盛大的奔流，

一声不吭。

千里之外，我在无声的呐喊，
和透明的潮声里回游，归心似箭。
靶心里，没有昵称。

爱你如初

陈 广 德

◆ 景 ◆

水可濯足，月能生景。我就在水中
捞起月，看露珠儿悄然落下。
心怀的幸福，
惊起那只水鸟，在它扑啦啦的
给予里，有我童年的眼神。

——《美人腿岛》

●城市水环：花瓣上的歌声

就用这些洁净，缠绕在家乡的腰肢上吧。如同
花瓣上露珠般的歌声，情不自禁，
典雅出文采的舒畅和爱情妩媚的蓝。等待
你的来临。

我看见你，在童话的簇拥下走进梦幻般的
十月了，金色的十月。在波光
轻柔的述说中，展现婀娜。所有的石栏，
在倒影的婆娑里激动成水草。
那些穿过沧桑的树梢，被你心境中的
透明，存留在飘逸的长发
才能抵达的背景后面，一动不动。

鸟语花香。用这些鲜活的词语，
触摸家乡的今天。在水意淋漓的冶炼之后，
把羡慕放到目光需要的位置。歌声
油然而起。白云的羊群在你怀抱的草地
上面，从容地介绍朝夕相处，以及
被银子一样的纯净所散布的美。

歌唱你的来临。以鱼的自由自在，
掀动浪的节奏，朝向月光。
我看见所有水流的源头，都是诗歌的
心脏里被钟爱的清新。以及让她们流连
忘返和禁不住湿润的舞步。

芬芳而圆润，是被风尽情传颂的歌声。

四季从此如春。那对着水幕梳妆的园林，
伸长开始恋爱的颈，滋润家乡的
年轮。就有一种感动，和着我的心跳，
一点一点，
被如玉的典雅放进了扩大着的涟漪之中。

在"沭河之光"公园的晚风里

那束光就卧在好光景的眼神里了。如同
拂向你长发的手，小手。可以
被一片一片的苏醒钟爱的，我的流连忘返。

先有风，熏风，从河面吹来。就是风光无限了。
谁随口道出了一句经典，飘飘然，是接连不断的
宋词，元曲。朴素得如同夜空中的繁星。
在亲水平台，一些记忆，
浓了又淡了。幸福，就眩晕在那棵小草的
叶尖尖上，一闪一闪。

我的年轻，是想打捞起岁月的网。日月如梭
之后，前世的蝶，也能在今生翩翩。
那些树，是我的苍穹。在树枝上小坐，
轻松一点一点降临。衰老，只好在支离破碎中，
远走他乡。

我把头发伸进风里，风声悠柔，如同
露珠一样透明的琴音。她们在风中作画。
裙裾成为画笔，在光影婆娑的夜晚，愈加明艳。
河中的水族，跳跃着，是我未来的兄弟。

擦肩而过的时候，想起牵你的手。折叠起
空旷。雕像般隐藏住神秘。一辆一辆
多人自行车，飘然而来，像是千年之前的

传说。然后，用月光把她们明亮成今夜的宁静
和期待。

今夜，我把这一寸一寸的风光，都洒在诗歌的
留白之处，不虚度啊。

我一次一次穿越那些单薄的墙，和诗行。

窑湾老街

向西。向南。这是那条老街的符号。
依河而弯。敞开，升调或降调。

走动。把青石板走成
记忆中的汉字。燃煤油的街灯，
燃尽了，连同那个时代。
辞典中的转角还在，诗句中的廊柱
还在，还在风尘里站立，
呈现一种
可能。翘檐和灰墙，以及
颤巍巍的瓦松，在视野中记录，
那些成语的孤独和苍老。

一只不知名的鸟儿飞过，画出
一条弧线。昭示
或呼唤，老街的心事，和需要。

早　集

应运而生！端坐在水边的吆喝里，
回应着晨雾。
又在晨雾中蒸腾着灿烂。

（是一种形态的活化石）

一曲歌谣，久久萦绕在一种亲近
之中，如同蜜蜂亲近花蕊。
如同亲人之间的眷恋——甘甜包含在
未曾见过的芬芳
之中，抒情属于泊在纸上的流转。

云鬓看似随意，信念依旧在
小镇上勤勉。脚步声震落的那几粒
晨星，正在柳篮里啄理羽毛，
追忆着对早集的依恋。

真切的早集。透过烟岚，是一片片
叶子，
拂动隐居的长风。是染香茉莉的光，
划破昨夜的暗，带来一些眺望，
等候你深陷其中的兑现。

石　证

比土地坚硬，比纸页持久。
作为文字的载体，仅次于可以触摸的
铁的拥戴。

先人们的诚信或聪颖，在刻意中
留存下来了。内部，
被一种美酒温暖地占领，字里行间，
透彻出云一样的干净。

些许欲望，在一次次传说的注视中
发芽。火烧不去，
水洗不去。石证悄无声息，
不疲倦地告诉我们，一些想要溜走的
微妙。

古　槐

一千年！恍若昨日，恍若昨日的对视，
依然青枝绿叶，依旧透出温暖。

拥抱你，要有多么宽广的胸怀啊，
从春秋张臂，到明清
牵手，中间是前世今生的碧水蓝天。

也有枯枝萎叶的记忆，那是一次
私奔，一次无法共享的傲慢。挣脱出来，
才知道天高地厚。有纯情，就能
支撑起岁月的辽远。

不远行，一样可以承接沧海桑田。心
年轻，就有圆润摇曳，世界，已经
被春色填满。

卧龙盐浴

在月光们开始融化的夜晚，一粒丰满的盐，
把与生俱来的一些故事，讲述给五洞镇的古寨。
卧龙河的水流，如同写满字的纸，和经文
麇集的声音。

就有一种漂浮，引领石林们梳妆的风情。
是白色中最高贵的品质和柔弱，把长发盘起，
把歌谣盘起。让那只美人的鱼儿，
如花般开在四月姣好的踝上，捧给你一些
芬芳。在时间的最深处，
静听就要熟透的落落大方，踏雪无痕。

还有一些剔透的晶莹，顺流而下。用天生的
山川谷地，饱了你的眼福。水，是月亮铺张出的
绸缎，一遍遍爽滑你的心情。风，
细腻如羽毛一样的风，在你爽滑过的
肌肤上，说来就来。你眼眸里的光，一闪一闪
有惊喜的成分。

感觉到浴的鲜嫩，和盐的端庄。抖落一身的云烟。
抬眼处，有青的草地和羊群，洁净的羊群，
奔跑出赏心悦目的悠闲。这时的泪，涌溢出
海的味道。

需要一支画笔，写意这些用鲜花喂养的地方。用

涉水而至的浪漫，锻造悦耳的歌声。在卧过龙的河里，
把犄角一样的石笋，洗练成安详。

向上生长着的诗歌，在五洞，是遍地月光……

乐余老街

那株瓦松在风的指点下，开始诉说乐余，
和乐余的久远。还要在金色的
喧闹中，站上我寂静的眸子，以封面的
姿势，满足，夕照的沉稳。

乐余老街。用青石板以结实的身躯，赶走
曾有的冷清。感觉自己铿锵起来，
如鼓上的槌。渐入佳境的书页，摩肩
接踵。我看见玩扯铃的妹妹，和
被红头绳扯醉了的天空。

一种可以让岁月藏匿的枝。蟠枝。店铺
在枝上长出叶来，一片一片，是我
临摹过的市井。也开花，如同线装书里的
插图。步步莲花。我停不下来了，
在高挂的红灯笼的韵脚里，连缀新与旧的
约定。或沉，或醉，一街的雍容，
直到满镇的风月，水流一样漫过来。
漫过来，情不自禁地抚摸
这些曲牌，和可以吟诵的纸扇。

在乐余老街。有干净的童谣，在恍惚的
竹马上若隐若现。一架硕大无朋的
风筝，是种子，在老街的春天，不偏不倚，
埋进我的心田。

韩山社区

烟雨在江南的脊背上聆听。当年的烽火台，
已经垂下帷幔。韩老，世忠，你亲手
植下的树，绿树，枝繁而且叶茂。是这
烟雨中的伞，如你的心思。

你，早起练剑的身影，在广场，可以申请
非物质文化遗产了。我就泛起一些
琴声。古琴。是可以触摸的色彩，在整洁的院落，
寻找曾经的棋盘。两岸稻香。

楚河两岸稻花香。漫卷诗书，我置身画里，
只好顺流而下。八百六十多年过去，
就是桃花源，在社区芬芳。
你们从我的目光中，勇往直前。或如云朵一般
洁净。那街，那景，
我知道，都让鲜亮的欢愉洗过了。

韩老，把户口迁来吧。我也来。
那片月光也来。推杯换盏，读书，
习字，还要聆听那阵歌声。悠扬而起时，
你们可以天籁。

风车小镇

就迎风而立。就临湖把胸襟打开。
一阵风，把我送到我在诗中写过的江南了，
连同胸膛里的落叶。和发芽的玉。

风在吹拂。风在湖里的涟漪上吹拂。
如同我的抚摸。那飘然而过的，背影，
随风。随性。在我心底吹起涟漪。
风车转。且宽，且容。如同莲花岛
给我的荡涤。

就这样背对纷繁粗粝的尘世，就让风
一点一点，点亮我，
点亮我的去处。那页姓元的曲，把我的
韵脚，铺陈得错落有致。填补空白的，
不仅仅是风车咿呀。
阳光穿过小镇。风雅穿过

小镇。
我不走。有柔软的酒，忽然来到湖畔。

美人腿岛

鬼斧神工。已经暮春的我，还能聆听
这些尚未完成的宁静。

有香烟因此袅袅。我能成为那炷燃着的
红么？在人间。月亮由此升上中天。
是谁回眸一笑？我只好拿出渔火，点点。
回应那条飘然之路的疏通。

水可濯足，月能生景。我就在水中
捞起月，看露珠儿悄然落下。心怀的幸福，
惊起那只水鸟，在它扑啦啦的
给予里，有我童年的眼神。

在这里，你可以背诵。诗，要好诗。
颂那月姓的光。用声音引领轻柔，最好是
中音。可以轻易地回到世外，
以羽翼。可以让自己回到神秘之中，
让香烟带入静谧。并且，
进入我用羊毫笔抄下的经文里。

芦苇荡里

不着一笔。你就把风的劲，放在那些
齐刷刷里扎根。茨菰、荸荠和蚌蚬、螺蛳，
想把行程走完。在我的身旁，
是你未曾见过的词，是我怀揣过的水意
淋漓。

白云飘过。那白，像是我佩过的
玉。信马由缰。让我把暗示留给芦苇。
千顷。而且成群结队。
你禁不住高喊一声，却没能听见，
那盼望着的回音。说不出它的深邃。

你就在不远的地方养一片浩瀚。
起伏不停。可我只要一瓢水就够了啊。
我不会游水。你比任何人都清楚：
那些幽深，总要不断，轻轻，拂过我的灵魂。

少女峰

雪落无声。

夜的黑你的白。
交替出现在我醒时的梦，
和梦时的醒里。

镜头。
寻找峰峦的倩影。

远处。廊桥上，
走过 《踏雪之声》。

怡心亭

是风可以晶莹剔透的去处。或者梳妆。
让心中的祥云涌动。把树们碧绿的翅膀，
环绕在需要成长的路径上空。
在此处观景，在此处盛满清音。十指
脱颖而出。抚琴。用汉字，婉约或者激扬。

山水因此精致起来。山水在写意般的取景中，
越发楚楚。而且身不由己。让你轻盈地
在山水之间，如花似玉的开。把过去的日子
落叶一样的放下。在雨的淋漓尽致之前，
朝拜鸟语花香。

在雨的淋漓尽致之中，静坐，读书。
不闻亭外。尽量让雨以四散的
姿势，去叶上圆润，去径上舞蹈。恣意
繁衍的翡翠，就愈发翡翠了。

之后。是亭亭玉立。是挂满清新的文章。
一滴滴，在胸襟里恢弘。有人去前朝舞剑。
或觉或悟，抖落一些尘埃。再回首，
看浓淡相宜，在檐上，一卷卷，被舒展开来。

仙泉瀑布

痴风起了。停留在痴风里的香气，突然失足，
跌落成飞瀑。

一生就此打开！起伏的一生，
浓郁的一生，在三百八十米的降落之中。
视野不再是井，你不再是井底之蛙。

内心很轻。内心在飞泻中很轻很轻。
那忽明忽暗的，是过往的烟云，正喋喋不休，
希图攫取你脱离湍急的行进，
和透明的开放，去做越来越瘦的
蜿蜒的影子。

一阵熟悉的歌声，透过高涨的欲望，
透过那处伤口，抚慰魂不守舍——

不要回头，不用回头，就让香气留在你的
心底，就让这一切成为
禅境的背景。在尘世的因缘里，
映衬她们的宁静，和安详。

古炮台

阳光下，古炮台遗址如一位
久经风霜的老人，默默矗立

内部。时间的皱褶里，
有屈辱的记忆。

钢铁遮不住。水葬也遮不住。
遮不住，就裸裎着
找回尊严。

在渐渐温暖的静默中，
我听见了，
那一声声呐喊！

紫　藤

提督署丁汝昌寓所院内，有一
株丁公当年亲手栽植的紫藤,历
百年沧桑，依然生机勃勃

紫藤也能发光，紫藤，
以她的葳蕤，
发出不屈的光！

见证了 113 年前的辛酸和悲壮。

并不孤独，一点点
汲取：坚韧、奋发以及
《国殇》中的营养。

而今，
她的光，依旧能够刺痛
尚未麻木的心房。

刘公岛

113年前，中国第一支近代海军——
北洋水师覆没于此

是明珠，也是血痂。
时间填不平遗恨。

就在石头上遍洒月色吧。
在月色里种植希望，在希望中
抹去眼泪。

安详早已回归。
镰刀和铁锤正指引我们，
割去幻觉，砸碎野心！

挂剑处 ★

季扎报徐君，冢树挂剑锋。
至今泗水南，高台遗芳踪
——明·杨于臣

再来看你，就有一道剑光，刺穿
经年的苍茫。

一棵树的静立，衬托出
"心已许之"的坚硬。道路弯曲，
车马颠沛，甩不下俗世的牵挂。
却有浊雾一样的表情，沉沉向晚。

而季扎如荷，如怀抱清香之荷。
心中有火，修炼，盘旋，去剑锋上行走，
去回首处凝神。明澈是还乡的双眸。

那悬垂越来越重——我仰望，以
鬓发斑白的质地，或者
整部东周，被春秋之水濯洗过的
韵脚。诚信还在！
虽然我们错过了许多闪烁⋯⋯

★吴国公子季扎出使中原各国途中拜访徐君，知徐君喜爱自己的佩剑，心中暗许出访结束便将此剑相赠。不料再来徐国，徐君已离开人世。季扎心怀悲戚来到徐君墓前，挂上宝剑祭奠⋯⋯

圯桥上 ★

> 我来圯桥上，
> 怀古钦英风。
>
> ——唐·李白

那点隐忍，至今还在沂水之上漂浮。
与一座普通的小桥，交换
尘世中的神话，欲望，以及
按捺不住的心跳。

脚步更轻了。把脚步放轻，就不累么？
在累之外，是《素书》，是江山，
更远处是帝王之师的归去来兮。秦二世，
也是被自己扼住了七寸，却来不及
喊痛。

一段史话，恰好举起了一个朝代。
也举起旷野，举起悠远的钟声。静默，
听大器晚成。

一群鸽哨，由远而近，呼唤熟稔的
笑容。至于怀古的目的，
不必说出：那被咀嚼过的英风，
有一种别样的味道。

★张良在此桥上得遇黄石公，便有了"圯桥进履"、"黄石授书"的故事

青陵台 ★

鸟鹊双飞，不逐凤凰，
妾为庶人，不乐宋王。

——何花粉

衔着民歌的力量！何花粉
飞升了。微尘
只有开放，只有翻卷，却从不消失。

在大地的怀中。两座孤坟前的
两棵柳树，比双飞的蝶儿
更生动地抱在了一起。强权隔不开，
苍茫的暮色隔不开，两千年
爱的长发，披散在情的臂弯。

高台湮没了。于"大风起兮"时湮没。
色彩移动，不变的是黄土。
一些草，枯了又荣，做不到深居简出。
落叶拍打着无法说出的悲凉，
那片铜镜，照得出灵魂的倒影？旧伤，
已经为我们备好马鞍。

我不走。在水流的地方，在低处，
歌吟。

★距今 2296 年前宋康王建于下邳用以观看采桑女的一座高台。留下了采桑女何花粉
不畏强权、忠于爱情的凄美……

泗水亭 ★

乃知盈虚故
天道如循环
——宋·文天祥

这是一个有雨的天气，淅沥中，泗水亭
正在虬劲。一些叶子，吐露了鹅黄、
嫩绿，凝结着针尖般的光亮，
栩栩如生。

缓慢的流动。泗水亭，是一只熄灭的
老烟斗，已习惯于静默，
不再诉说或啸吟，也不再远行。

渔歌。从这条拐弯的河流上升起，拔节
又抽出穗儿，飘然而渴望
澄明。谁？与渔歌缠绕在一起，
繁衍不息，风情万种。

时间，抑或是岁月，冲刷了一切，
大地上，源清流洁，
本盛末荣。

★泗水亭为汉高祖刘邦"试为吏"时的遗迹，1983年沛县重新建亭立碑。

歌风台 ★

莫言马上得天下
自古英雄尽解诗
——唐·陈陶

大风从何而来，马背上，旷野里，
青萍中？我突然想到风雅颂，整齐的
文字。想到历史的街巷：
砖瓦的沉默，身影的飘零。

风从故乡来。歌风台上，我
看到了起伏的屋顶，它们的沧桑或青翠。
以及风，怎样支撑了整个天空。

心胸。如何把水塘和风装在一起，接下来，
该是稻菽、波浪、风轻月明，
偏偏忘记了，那些
铿锵的韵脚，那些金戈铁马的轰响
与从容。

我还想说，风，想说风，曾经
让我们涕泪纵横。

★歌风台为汉高祖刘邦于公元前196年，平淮南王英布谋反后，途径家乡沛县所筑。
1983年重建，为省级重点保护文物。

射戟台 ★

一弦飞矢鸣画戟
十万雄兵卸征衣
——冯亦吾

那支箭，呼啸着，在麋集的云层
之上，奔跑，或者漫步。

胜券在握。胜券在射箭者的手中
紧握。方天画戟不过是
胜券的另一种形式，有人祈祷：挣脱⋯⋯

那支箭，带着射戟台的沉稳，带着
往事，带着愤怒，在阡陌中
冲突，在沟壑里腾跃。

世界曾于奔跑、漫步、冲突、腾跃时
静止，等候那一刻，若无其事。

真的若无其事了么？在古沛，
在一千八百一十年之后，
我竟然读出了射箭者的有情有义，
有勇有谋。

★射戟台在沛县城南门外，为建安元年（公元 196 年）吕布射戟解斗处。台为圆形青
石，直径 122 厘米，厚 12 厘米。1983 年移置县博物馆院内，并建亭加以保护。

交河故城

最难得的，是你的落日，两千年了，依旧照在
我来看你的微风里。有汗，狐狸一样
在湮灭中窜过。灼热，是千年之后的导游词，
随物赋形。那页在黄土里打开的竹简，防不胜防，
卷起已经摆脱了的雨水，等着我写不出的诗句，
给你安身立命，你要知足。

在交河故城，子午大道通向曾经的辉煌。我的
弱水三千，在土崖前婉转。遗迹还在，
人已非。有侠骨豪肠，是母亲教我的字，篆字，
在你光线的明灭里，潜伏。要酒，大碗，
一起迎风而饮，挥洒一万里江山，旌旗飘飘。

我喜欢琴声。水草在弱水中，点亮内心的灯盏。
看见你身边那么多的蚂蚁，随遇而安。

余晖中，有荒草肆意穿过我的身体。土墩上，
是一片又一片浩茫，静悄悄，把我脱下的长衫，
当成，你的羽毛。

点石园

点石成金，点史成金！让久远的事物，
从容来到眼前，以群居的方式，
覆盖千年原野，覆盖每一个温暖的日子，
和彻夜不眠。

舒一口气，环绕这些坚硬的语言：
石雕，木雕，砖雕，在万物苏醒的时候，
露出微笑，倾吐前尘往事，
和千古风流的内涵。

温故而知新啊，这些比植物长久的
生命，比星星耀眼的良剑，纵横古今，
让灵性在凝视前后，
若隐若现。

小径旁，那棵沉思的树，不是过客，
不是可有可无的风！遍地金黄，
来自曾经背井，但绝不离乡的，古典的
信念。

竹林寺

敲月下门，听竹风静，听竹风
在六十年后，寂然无声。

神归故里，魂归故里，今夜的月光，
如古老的银器。被泉水洗亮的，还有你的
双眸，你的心地。

高贵的气息，悠然漫来。风自吹，水自流，
空空的神龛前，烛光依旧，合十依旧，
虔诚的祈祷，一分为二，还是舒展的
广袖。

回来了！在新落成的寺院里，清香袅袅，
祥云依依，虚怀若谷是真实的
吐纳啊。衣袂飘飘，
梵音飘飘，你安之若素，
在时间的纹理中，不言不语。

沙溪古镇

就这样静悄悄地淳朴在戚浦河两岸。
以错落有致，在游人
如沐春风的目光里，一动不动。

古巷深沉。古桥从容。还有古意挂在
宋时的壁上，把可以
聆听的落英，写成可以换酒的诗笺。

是谁倚醉，看着身边的虹桥长出夕照，
远处的灯笼，长成月色，
诗歌馆，长成沙溪第一楼。

用典雅的典，铺就歌谣般的路。
青石板上的休止符，是你，情不自禁的
矜持。让对岸吹箫的身影，一次次被人抄袭。

选择在乐荫园留影的书生，想象绝世的姻缘，
和胭脂一样的目光。把昨夜的
孤灯吹灭，让盖头上的
红，以锦心绣口的姿势，弥漫过来。

这时，需要从沙溪文史馆里，
找到那段传说。需要在文治书局，挂出那帧
长卷。一起丰富今天的诗，和诗一样
可以盈怀的风情。

南园绣雪堂

以倔强的根须背负月光一样的雪。玉树临风，
雪把临风的枝绣成你伸出的
手臂。哦，是花，打扮了与桃红柳绿
不一样的灵魂。

清芳白香。在那年植下的香里话旧雨，
就有蛮细的腰肢，诗词翘檐上的
流影。曲不终，人未散。就有可以
化水的纤指，放任一声哽咽。

是还在生长着的风景，南半部
宜于冬春，北半部适合夏秋。
其中最敏感的，依然是雪，花，和雪、花
绣在风景之上的洁白。

经年之后。让散落的木石，又续前缘。
堂前，听新声翩然绕梁。
放眼望去，有万树香雪海，
越发忘情地荡漾起来。

金仓湖

把湿润的念想端庄成平心静气的铜镜。
发光的是金子，在太阳的慈爱里
沐浴。一袭长发

就在那块石头上小坐，捡拾随心所欲的
野花。梦里的芳香，从水面的
波纹中漾起。让时光
娴静下来，仓一样，容纳一年中最惬意的
日子，修炼出鲜嫩的味道。

栈桥长。长长的栈桥，连接了
升平的四海。顺手揽过一朵祥云，在
那片林里，驻扎苗壮的和气。氤氲
在湖心的歌声，扬起亮亮的翅，扇动出
一腔向往。

金—仓—湖！以裸足走在你蔓延的，
叫做温文尔雅的柔软上，有久违的美妙，
春天一样，让人亲近。

现代农业展示馆

在故园曾经缭绕的炊烟里，你脱颖而出。
一些熟稔的作物，在云朵的
声音中，到了可以惊诧的源头。

种子，被你注入飞翔的方式，如同汉字
行进在不同的笔下。
那些迷人的果实，连同爱不释手的
锦绣文章，贴着你勤劳
和智慧的额头，一步三叹，抵达
峰回路转的境界。

展示，是自信在你名字的后面
露出的微笑。你的手里，有一根魔杖，
让心愿，在花朵之后纵情地
不落俗套。用高低纵横的花径，别有韵致地
组装起梦幻般的仙宫。四季，融合成
一种传说，随同你高贵的气息，
用清新怡人的光色，守望住这些经典。

让钟情归于春。让诗歌缠绵在
你不断生长的触须，楚楚地可人起来。

吕梁石

形色浑厚，苍古奇崛，有山石的棱角
和水石的圆润，融刚柔于一体

必须克制！克制自己想融进吕梁石的
欲望，那黄黑相间的温润，
能修补我的支离破碎，包容夜空中的
那颗孤星。

汹涌之流已经逝去，逝者如斯夫？
是沉默，留下了梦境。鼾声
和醒来的寻觅，坐在奇石馆门前的
石阶上，看远处逶迤，
那辆轿车，是一只瓢虫。

一块石头就是一个世界。一朵花，
开出香喷喷的憧憬。从尘埃
出发，相遇灵秀，是千年的造化。只是
那一片月走来了，走来了，
逼近我的从容。

白塔泉

位于吕梁山下的白塔庙遗址
旁，泉水清冽，喷涌不息

收容了雪，抑或是改造了雪。田野
已成为倒放的天幕，
你，成为向上的晶莹。偶尔飞来的鸟，
一开口，就念出了那个汉字。

泉！是水的母亲。年代久远的村庄，
有了你，就有了可以种植的
岁月、炊烟和诗歌，有了爱的理由。

寺庙远去了，经文还在。用小路放逐
那些意境，以甘露点化愿望。
是谁？指点着临风的树，让菩提
盛开四季。

莲花盛开四季。一点一滴，是洁白
如玉的细节。逆流而上，在
千里之外，有一条鱼……

古　寨

最好是窄袖长袍。山腰的石洞，在衣襟上开一朵
古色古香。风来过，像是探路的兵卒。
我用额头描摹，那些在元末揭竿而起的寨子，水墨
似干未干，是被岁月晾晒过的烟雨。

就说这些烟雨吧。在陶片上记录小调，
在寨子里相伴读书。我看见里面的身影，
舞刀弄枪，风生水起
之后，也停留在那枚铜铃上，渐渐长成诗句。
读书的人，在烟雨里逃过了一劫，有泪，
回报成前川的瀑布，冲刷
悬崖峭壁

一条小路让我在怦然心动之中，
通向锦绣河山。有盛开的花，和争艳的衣衫，
在镜头的婉约处豁然开朗。
背景沉不住气了，要在风和日丽的时辰，
写一写古寨。

那口井

在张竹坡故居，有一口老井……

蓄积平静。曾平静的陪伴先生，评点
"不可零星看"的
《金瓶梅》，止不住精彩。有"咚"的
一声，在蓝黑的平静中经久不息。

新修的皋鹤草堂前，路道齐整，
苔藓厚重。有井水的滋养么？那株海棠，
瘦瘦的以不事张扬的果实，低头，
迎接偶然来访的客人。

也曾被老院子丢下，荒草掩盖了井口。

从给予中解脱，内心那些湿漉漉的事物。
年复一年，等待走走
停停的脚步，和那声叹息。

新雕的井栏，有字为证：自助者，
天必助之。

那群羊

张伯英艺术馆内，有石羊坡……

与刻入碑石的书法一起。那群羊，从此
进入永恒。再没有被风雪
驱散的痛苦，再没有屠刀举起的
悲伤。

那片丰沃的草地还在记忆里。时间
由虚空变成长久，无论
希望和失望，都被允许了，那一刻的
姿态，是定格，且别无选择。

大师的书法，在拓片中，散发
一些古老的温暖。而群羊，是休闲的
陪伴么？只在凝固的镜头里，
和现实，产生些许牵连。

暮色再来时，一定要有倔强疯长的
青草啊。

原始丛林

居住在这里的鸟，和我的诗句一样，在
蓝天上划过无数的看不见的痕迹。林深树密。
那些遗落在枝上的目光，可以被蜿蜒的
影子，接纳为伴侣。

站在遮天蔽日的幽深的深处，错把自己当成
原始的野人，捡几粒早落的浆果，拾几尾温暖的
羽毛。目光看不透的是远方，就把
迅跑和攀援，放进我未泯的意识之中。高处，
结满星辰一样的寂静。

你感觉到心跳中没有被进化的品质了么？

此时。在含苞和盛开之外，还有飘渺的香，
这些不愿坠落的话语，牵动我还能生长的柔情。
就当是一次艳遇吧。用我清纯的空气，
编织那个泱泱的瞬间，围上你顾长的颈，
启动最原初的爱恋。

一醉，越过黄昏与拂晓的结合，是千年。

胜川桃溪

沿着洁净的桃花水的想象，我钟情过的声音，
像是可以擦亮的芳香，开始进入天堂。
岸边，这些古朴的小桥，这些源自诗典中的小桥，
曾在旅途中，连接起我与竹海的温存。

无数时间的种子，在你转身的一瞬，让笋儿
长高了许多。就有擎天柱，如同举重若轻的那支笔，
随性一挥，所有的影子沉浸在你轻盈的念想里。
然后，是我站在听觉的核心，一任鸟语花香，
细水长流。

宁静。久违了的。让我把随身携带的蔚蓝，
交给一溪见底的清澈。一言不发。

就让那尊在夕照中丰腴的石头，栖息你
盘起的长发。我不走。让我和我的诗句一起，
心醉神迷，成为那群鱼，
遨游在你月色无边的芳香里，并且
默诵一世的开放，和牵挂。

悬壁长城

也叫断壁。让我想起了王佐先生的袖管，和
空荡荡的宋。悬空的铁臂，
是长城的感性部分。旋律在此湍急。

一支用乐器支撑的的曲子，在黄草营村的上空
倒挂。暗夜里，也掩住柴门的哭声。
不能指望他去思考，就像
不能指望我成为绝壁上的梯子。一些
发了芽的情感从砖缝中挤出，很像宋时的
词，以错落尝试自救。

西去的路上，我在晃动的车里感受城墙的宁静。
有风。有鸟，去汉字的欲望里翩翩。我
可以举目，看无亲的四野，是有亲的，源头。

白马塔

九层。纪念一个人的亮光，在白马的鬃上
刺破过往的黑暗。可以刮骨疗毒，
可以成为顶礼膜拜的经典。可以在纸的
依旧里持重。

白马塔。把岁月的清清扬扬散尽，
留一些净心。
一些自由散漫的过客，雨一样
滴在古道的沿上，随风，随烟。我看见
树的独饮沧桑，和宠辱不惊。

绿荫里，前世的戈壁就是我的故人了。
瀚海千年，有断垣残壁悲壮，听
驼铃声声不断。我索性唤来清风，跃上
葱茏起伏的脊背，翻腾，徜徉，络绎不绝。
你也要来踏歌，踏着步步莲花。

能够婆娑起舞的风。让精于农耕的
白马，在似水的绵长中
褪尽铅华，在他们祭祀的话语里，且从，
且容，开出塔一样的典雅。

布尔津

宜人。宜居。树们在不远处高枕无忧。
我在戈壁滩上培育的悬念，在这儿可以歇脚。
如同那只鸟儿，把呓语和爱，藏进羽毛。
如同我，把汉字和歌，藏进梦里，用鼾声
给她，当做解药。

清爽的街巷，是一支芦笛的摇曳，淙淙。
布尔津。一不小心，就被我内心的委婉所接纳。
被一些早起的，雅致，当成了邻居。握手。
小楼昨夜，次第闭合的柔丽，和街灯溢出的
幽。绾在古诗铺就的路上，洁净。
牵我走进笛声深处，和着风流，演练偶觉。

把记忆里的娇媚颜容和酒的醇香，一卷卷
散开，就是今天的谜底。在谜底里走动的鱼，
可以与我抵足相谈。一次次，把绯红的腮，
看成羞涩的太阳。

在布尔津的布上写下一些文字，就有了
在风里飘扬的唱词，和前世，
无法解读的好。

马迹亭

三国时，关羽兵屯土山，留有遗迹。后
人为追念关公，建马迹亭……

转瞬即逝，怀念才格外缜密。那块
迸出火星的石头，被
寻找了很久，而亭台楼阁，衍生出
事件的结构和序曲。

芳草萋萋。博爱的芳草，描画小径的
轮廓，丰富石坡的
记忆。似乎不被人关注，却
生生不息，甘于在低处繁茂，填补
岁月的隐痛和缝隙。

仰天马啸，踢踏马迹。逝去了，
不等于泯灭啊。
天地动容处，也许是丝丝缕缕，
有意无意并不重要：只要是
身内无愧，身外有益。

羊舔石

位于艾山后洞沟南面的平顶山上，为一块
十多平方米的大石板，上面布满大小不一、深
浅各异的圆形石窝。传说是羊舔食食盐而留下

激动已经凝固。一千年前的激动，
在这里留下了痕迹：
在雨中，是深深浅浅的星光，
是浓浓淡淡的涟漪。

那只羊再没有来过？那只得天独厚的
羊啊，越来越壮硕了吧？
我只想，羊的肋下，能因此生出
双翼，翱翔是另一种存在，蔚蓝的
天幕下，祥云依依。

那块石板，原本是顶着盖头的神女，
做羊舔石与爱恋有关，
和献身相连，回眸时，孤独已卸下
行旅。

看一眼就忘不掉了啊，羊舔石和羊，
什么时候能够再度唇齿相依？
哪怕，是在——
我清醒的沉醉中，是在你
虚拟的往事里……

青青世界：踏歌而来

朗照着想象的源头，是盛大的月亮。还有
披着月光的热带雨林。那枚
叫不上名字的果子，鲜艳欲滴。
在轰然而来的打击乐中，暴露出天然的
风骨。青青是一位婆娑起舞的女子，
一位无时不刻都在挥洒着热情的女子。

在山林小木屋里藏匿童话，把田园餐厅
装满和清纯有关的事物，那些美丽的
鱼族，一颦一笑，都有神秘的味道。
蝴蝶飞来了，翩翩的颜色，
扇起你五彩缤纷的梦，和陶罐成型前的
旋转跑道，从刀耕火种出发。

世界就在眼前。在飘散着芳香的空气里。
青青，袅袅升腾。青青在自磨咖啡的
氤氲中，不能入睡。不用入睡，南方的风，
正告诉你一些摇曳的智慧，和歌谣。

月亮升起来了。树梢上的细巧，幻化出
一些翅膀，和刻骨铭心的兰花花。

青青，赏心悦目的青青，在那本生态的书里
踏歌而来，金碧辉煌。

锦绣中华：移步换景

选择一种尽收眼底的方式。移步换景，
轻移莲步就可以丰腴见闻的体态。
沉睡在大脑沟回里的书，被风一吹，
就在这里——苏醒。
就在这里风姿绰约的温暖起来，
越过山和水。就在这里，把锦绣的锦，
种在深情的秧歌，和慈爱的怀里。

越过千年。汉字的千年，到这里
都是开花的声音。
可以从记忆深处一朵朵开到大地之上，
可以在左右逢源的
想象里，以聆听的姿态，长成庄重
和秀雅。不回去了——
邻家院落有 《东方霓裳》。

真想化蝶！更接近这些光景，
并且与光景融为一体。
成为镜头中最风情的那抹亮色。

放在哪儿都是如醉如痴的兰亭
和狂草。锦绣中华！
让心在所有的浩荡之上，丰饶，富足。
让我在钟爱的风情里，
一动不动

大鹏所城：包容

给斑驳的城墙，添上一些细嫩的绿色。
在云卷云舒的缝隙里，醒着。
六百多年了，那些青石板，被呼吸的风，
对峙出镜子一样的光滑，小巷深处，
有拈花一笑的清澈。

走在天籁的集结号中，枪炮声熄灭了。
一匹马，藏匿在透明的岁月，
以安详的神态，看着垛口的风霜，
和鸟儿遽然飞去的身影。那声啁啾，
在风和日丽的暖上轻轻掠过，
一座城，便再也不会老了。

一些来自古城之外的青年，把身份
隐入澎湃的潮声，与展翅的时光
一起，种植梦和千娇百媚。
含情脉脉。

每一块城砖，因为进入，有了新的颜色。
因为包容，依旧在和谐的沧桑中。
置一抹精致的芬芳。

古镇大道

新沂—窑湾，全长 32 公里

脱缰而出！让千年古镇，一下子来到
面前。

是车的呼唤，从远方。心的呼唤，
从湖畔的芦苇丛里。
是时代的呼唤，从闪电后平静的
天庭——梦想在快速的
阅读中开始光滑，后面的那一声
欣悦，漫过来了，漫过所有的
桥，和沿湖的期盼。

闪回故里，在诗意的栖居里，张望
窖藏的经典，次第经过
柳叶，月光，和呼呼的风声，
恍若隔世，恍若回到
清新的童年，有爱在胸，有
知书达礼的小家碧玉，有可以
穿越的幽怨。

还是看一看路是如何
长成的吧，那路，真的离桃花源
那么近么？近在咫尺，快如
闪电……

城中引河—秀水河

引出清秀，引来润泽：城中引河—秀水河！
不仅仅是名称的
更迭。二十年的路程，在水波中
荡漾坦诚，抛开牵牵绊绊，
一点一滴都备受关注，而生机勃勃。

中午的阳光，与我们的脊背
相亲，涨潮了——
眼眶中的感动，再一次融进生活，
可以濯足，可以掬起蝴蝶的心事，
堤岸边的绿树，荡起明澈的
岁月。

"咔嚓"一声，定格了那朵如花的
笑靥。流淌的白云，正在进入
那一片风情万种，和广阔。

小马庄—迎宾公园

迎宾公园建在小马庄旧址上

拾级而上。忽然想到，要用多大的
肺活量，才能放喉一声悠远，
和嘹亮？

给城市的胸怀，泊进一些柔情，散布
自由的想象。让婆娑起舞的
风景，回到从前的鸟鸣，和朝夕相映的
花香之中吧。与春天有关的事物，
正一点点地破土萌生，
长！

盛世放歌，在盛世放歌！能够化为一种
相遇。激情澎湃。谁
恰巧碰上，
谁就不会老了，如这眼前的
浩荡……

东沙古镇

在家园的深巷中停泊着你。不著一字
尽得轻灵的风，流过依然存活的
经典。便是朝思暮想了。

所有的宁静在月色的渲染下魂不守舍。
我翻开的书，已经随青石板冷清的
面孔，见证不敢老去的海味。在清晨
抑或黄昏，滴落点点灯火。

东沙。用古朴的典雅，连同
错落有致的容颜，诱惑那只在影视剧里
盘桓的鸥鸟，把历史深处的寒颤，
啄破了，给你阅读，我此时的背影，
是古镇的叶子，
原汁原味的，在转角处开阔起来。

山环水绕。在光阴的皱褶里，吐纳
方言的才华。书雕城偶尔开启的门内，
有岁月泊在砂上的声音。我吟一句，
就有栩栩如生的孔雀，
把纷繁纤细的羽毛，贴近爱情。

我诵一声，就有一枚叫做螺的书签，
插进徐福东渡的
遗址。让一百多年的书页，成为

可以漂洋过海的舟子。并且，
以长势良好的礼乐，挂起一帜让世人
瞩目的高贵。

晴川阁

历历晴川。在迤逦而过的岁月中流淌
才情。才有那阁，且雄，且秀。
唤我用飞檐上的铜铃，摇响楚地华彩。

依山就势而来。就势而来的胜景，
以自己的风骨容纳歌舞升平。不羡黄鹤
腾空而起，不慕
禹王承受香烛。就让我，在
楼台的背后，写意山水之间的精致，
和来回走动的云。祥云。
栖息在汉阳温柔的手心里，让鲜嫩的
日子，依旧鲜嫩。

让园依旧保持着葱茏的姿势。葱茏，
在阳光下，是一种向上的胸怀，是一种
明媚的声音。让我感知
广袤，和在广袤之上的安详。

风调雨顺。笛声一样的仰望，去晴川阁的
回廊中盘旋，
在铁门关簇拥着的天气里，生根，开花……

古琴台

那丛新竹，滴不出春秋战国时的雨滴。
就像我来到古琴台，无法让
四散开来的云朵，回到高山流水。

还是来自内心的琴声，覆盖
所有的路。就在那段最好的路上，
逢着不施粉黛的知音。
平身！此时的河山，一派花团锦簇，
灿灿乎入佳境

而不出意外。向北，有月湖承接
深不可测。让后来的我，
面对传说中伯牙的那一声长叹，端坐
在庭院的深深里，一尘不染。

在汉阳。古琴台是知音们的水中
仅有的透明，是可以传授透明的典籍
和波澜。在竹枝干净的叶片上，
体验情的大气，以及他们的前世
无法言传的孤寂，和如玉的
信约——

在望眼欲穿的等待中，那
魂兮归来的子期。

墨水湖

湖。在那人洗笔的时候，就把
浓碧深藏的眼神，制作成茂盛的景致了。
我在那舟的恣意上，
把与夏天一同早起的渔火，看成
婀娜的腰。

平静地解读一湖秀水。可以
习字的秀水。把月色打磨出温润的
秀水。我在蚌壳洲的妩媚里，
直到你用水禽的鸣叫唤起我飘拂的身影，
才知道，自己已经坠入树荫的
沁凉，和无尽的花香。

墨水湖。有了歌声一样的传说，
就有天的高远，风的纯净。
我在那册线装的书中，翻开
水波般排列的日子，用阳光透过
叶子之后的小楷，摹一幅处暑。
还要让在册页中凫水而至的爱情，
到岸边，站成一片桃林。

一圈圈。那由远而近的，是可以
轻轻抚摸的，柔肠。

汤　山

不是江湖。从后羿美丽的传说中央，袅袅
而来的一缕思绪，就在岁月的过滤之后，
温暖了这些清澈的身姿。如同
正在撩动水声的青山。

其实，可以洗濯的还有这些溶洞。
青山不老，是虚怀若谷的滋养。渡江而来的
鲫鱼，在山与泉的内部，不断写作出
圆润的汉语。用眺望打造的汉语，
把夏天一样的冲动，涂抹出水晶宫的
回声。

青翠的天际线，是萤火虫熟悉的小径，
以及她们充满魅力的颤音。从今天开始，
所有的花，在楼堂前头的时间里含羞，
等待一次钟意的凝望。

不是江湖。那些随着地热的舞动之后
沉思的泉华，
让光芒融进破晓的窈窕了。谁看见正在
生长的碑石，和纯洁的手指开凿的
一言不发的风景。来时的路，被明朝
一点一点的瓜分之后，通向
风吹草动。

在无尽蔚蓝的饱满里体会风吹草动

不是江湖。把晶莹的向往放进手心，
伸开来，是汤。
攥紧了，就是山的芽孢。

百家湖

透明的月色，被风一吹，是合唱般干净的
姿势，在你的垂青中，不低不高。

来自天上的水，成为白龙桥丝质的披肩，
硕大无朋在一首歌最华彩的景色中。也繁衍
云。用来守护，银子一样光滑的声音。

就有凤凰在白龙广场的中央降落，掀起画卷
一样连绵的清波。象征着她们的欣荣。
那朵小花，盛开出优雅的粉色，
摇曳于心境的
最高处。云，淡在风轻柔的肌肤里，体会
一种可以心旷神怡的专注。

在百家湖。在新鲜的月色沿着水面流淌的
夜晚。百家的心境，行走在
月与水交融的妩媚之间。
就有一些腰肢，在歌声的长袖里
起舞。就有一些月色，情不自禁，用聆听，
触摸这些传说一样的美好。

泱泱的美好。和她们惦记的冬泳健儿，一群
读诗的鱼。在溢满爱情的湖中飞翔，天长
日久。

如同历久弥新的歌谣。乘船而来，划动无限
风光。可以纤细如丝的纯净，被水草
轻盈在优雅的透明里，并且，是那么多镜头、
词牌，和鸟鸣的风景。

长　春

把成群的春色放进古巷的转角处。我从
图门江汲来的声音，正在
用爱情的线索，引导这些清纯的
树叶，滴落不老的诗句，和闻风而动。

那袭沉思的长发，像是凝固了的波涛，
在江畔读出风水的典雅。用细密
厮守着的绿地，是我聆听的
姿势，铺展在月色里的风流。一尘不染，
用柔软寻找坚硬的臂膀，和身影。

琴声。把无风时灯柱下的光斑，
用来遥想疏朗的性情；
以道路的交错纵横，映出精致繁复的
衣衫。一生一世，等待
飘然欲仙的归来。梦中的相约，
已延伸到黎明。

也还是红尘万丈。她们把这叫做：
长春。

用长春做名字的地方，心中一定有
难得的静好。给了我
长袍阔袖的韵脚，和猝不及防的钟情。

西山秀色

汹涌之后。喜欢在时光的背影里藏匿
沉静。就有夜月，醉了一片暗香；
就有栖乐灵池，克制自己的袅袅余音；就有
一叠一叠的秀色，敢在狭路相逢。

暗香浮动。暗香从汉代透明的枝上浮动。
在西山，用山脚下的水，滋养这些高贵的舞姿，
和舞姿中晚归的星星。把香伸进
贮满星光的风，把整片夜空藏进香里
浮动。我的脚步，就在这
舞姿一样的节气里，越发轻盈。

余音袅袅。水波一样的余音荡漾出
银子一样的纯净。就有鸟鸣把远处的水，
在这里，写出清浊自明的气象，
写出余音长成的名字，
袅袅婷婷。就有你盈盈的脉搏，在西山的
葱郁里，跳进我的心中。

秀色可餐。就为了一个约定，我把满袖的
风月卸了，才有了今天的耳目一新，任
肆无忌惮的美，赶走我的饥饿和冷静。

在西山，能在秀色的包围里小坐
片刻，也不虚，此行。

古石桥

用这些细致的波，幽静你的一生。所有的
水鸟，在恣意的过程中变幻了弧线。
你在原地。

我的目光在清白的雨中长满了水草。
身披清风的雨，斜着，把故乡的檐雕刻成
最初的一份执著。就有诗歌中的新月，
在雨后，泊在你心窗的深处，
不老。

你在原地。等我把手杖靠在你的左侧，筑
一个巢，存放你的相思，和
云影波光中间那些远古的传说。我细数
一天的行程，开出一些风月，你沉默不语。

我貌似沧桑的脚步的慢，不过是过客的
行头。你却伸出虬劲的枝，用绿色摇曳出
几分不舍，拂去我的创痕。

你在原地。古石桥，比照舟的行走，水的
波澜，你
安之若素。且以孤寂和淡然，写出若谷的
虚怀，给我一层慰藉。

给我在疲惫里添一笔母语的静凝。

水舞台

把硕大的莲叶铺展在恣肆的歌的心中，
就有一波一波的云霓飘来
艳羡你的眼神。就有聚光灯，
带来一小片伤口，或者醉意的酸甜苦辣。

一滴水，让我看见了一折一折的招式。
先是水袖，以投、掷、抛、拂，兑进昨晚的
黄酒，让风生水起，
抓住与当下的一些链接，和欲的
流转。目送手摇。

再是水裙，把小二装扮的齐整，且能咀嚼
酸涩的果实，用场景
理解皱褶的疏密，看潮涨潮落，与我无关。

雨打芭蕉。就有水货露一小手，执
一杆缨的马，在戏文中
不能赴约，一个踉跄，被打回原形。

还有水波，在绕梁的余音里轻颤，不能
平静。留下我

在月色里踟蹰，等水软山温。

老街长弄

是乌镇的根须上长出的枝杈。以
一袭青衫，在阳光下，摇曳出馥郁的
味道。

鸟鸣。把悦耳的胡琴拉起，不能相忘。
就有万朵桃花灼灼，应了柳芽。

临风而舞。一尘不染的枝，在发亮的
风中，舞动细细的腰肢，
引导娇美在上面巢窠。相逢云朵。

每一个日子，都有心形的果实，挂上枝头。
一群群轻盈的翅，把采摘当成了
一次艳遇，时光就在艳遇中偷偷溜走。

就用眺望作为生长的姿势吧。
这些枝杈，已经在森林的怀抱里，
透出明日的繁茂。

落星石

往事如烟，你凝固了如烟的一瞬。
把降落看作上升，就
宠辱不惊。

品月，品蛰伏在碧水中的秋月，
不问，今夕是何年。

爱竹，不论在天上，
还是在人间。
痴心，不用遮掩。

鄱阳湖

五柳先生醉卧之后，那个
宝葫芦，画一个弧，
不偏不倚，
落在了长江的腰间。

年复一年，灌五河之水，
酿出
悠然的醇香，
和温暖。

大孤山

在那只鞋里，还有当年的
天昏地暗。绝壁陡峭，
看尽人间的不平，和幽怨。

有青山明月，在江水中开阔起来，引领你
登高望远。
是谁？
揽碧水为镜，照见今生透明的情节，
不枝不蔓。

望湖亭

一段凄美的故事，藏匿在
柔软的
怀念之中。

一座四层的亭台，在故事之上，
淡妆浓抹。

有人在这里沉思：
为什么，
那些诗句，总有水的痕迹？

点将台

湖波涌来，疑是旌旗招展。涛声
在不远处豪放，
有往事越过千年。

羽扇纶巾，挥洒着
谈笑自若的光景。

也许，虚怀若谷是来世的追求了，
放眼处，
感叹沧海桑田。

小金山：云起一天山 ★

就要这些云停泊在传说的飘带之中。
一绽开，就有月色，不知疲倦的
掠过凌霄的水面，与那些亭、台、室、观
一同苗条起来。就用这些精巧的小，
深入她们渐次春深的日子，
动，是无边的胸怀，一池烟水全收。静时
有屏风，在舒缓之间，
折叠赏花的心情。

四时不谢。让身披碧纱的季候不断地
飘荡在波光，无人能攀的
深远里，借景垂钓。
抬眼看风亭，有鸟鸣随风韵
滴落，在柳叶上柔软。耳畔因此清癯，
更觉书页有沉稳在其中支撑。

不落因袭。一卷从天上垂挂的青花瓷，
把过江的梦，植在月桂的背景之中。

是一枝独秀，被青花瓷的深浅隐匿的意境，
带入后人的解读里。
月呢？就让她在天上成水，
在人间为波。一座倒影的渴望，
接踵，成她们的群峰。
让泛舟而过的钟声，披散成她们

肩上的长发。

在小金山，用可以倾诉的景色念叨
自己的名字。就有回眸的仙子，
在游人的三五成群里追步。就有
桂花一样的歌，在银河的上空晴朗，
且一遍遍地清芬。

★"月来满地水，云起一天山"（郑板桥撰"月观"联）

五亭桥：夜听玉人箫 ★

已经靠近水澄澈的源头了。在湖心的
那莲。把风铃和飞檐，一同置于箫
温婉的张望之中的莲。如同束腰的女子。
五亭桥，
越来越滋润地开放。

越来越高贵的开放。用她们身不由己的
浇灌。

是夜。有十五个月亮穿过闺房，把箫声
镶嵌成花瓣一样的妩媚。首饰样的
琉璃瓦被箫声洗过，甘做
心境里的树荫。那些和她们一起走来的景色，
一夜之间，成为盛开的诗词里
最清新的一笔

就让她们透明，让她们在花朵
无法抵达的高度
透明。如同那一枚枚玉。白玉。
以刚柔相济的精致撩起你的流连。
这时，有清代的灯笼，肆无忌惮地
让那些恍惚的影子，
在水波亲吻过的亭桥上，依旧恍惚，
并且在箫声中，醉进那壶酒里。

就把心门打开吧，让箫声自由地

进出，让五亭桥成为温文尔雅的书生，

在绕梁的箫声里，一动不动。

★"扬州好，高跨五亭桥，面面清波涵月影，头头空洞过云桡，夜听玉人箫"（黄惺庵《望江南百调》）

熙春台：如春登台

熙熙攘攘的春可以在温婉的漆器上延驻。
像是你倾听内心的光芒。正在登上
经典的几案。玲珑。穿越芍药的拱桥。

其实，一叠曲折可以让景色展现
多种姿势。变化。像是春的不断的层次。
借水的勾连，依山的纵贯，目不暇接，
把一船的风月散尽了。

是四季之中最好的季节。可以写意，可以
剔透。之后，让你在不经意间，
进入那段宽阔。在平台上，学习一种气势。
如同张望钟声里的乾坤，豁然开朗，
在天然的江湖中沐浴。

用楼台曾经飞过的念头端详。风调雨顺。
雨，是顺着兰花指般的檐窈窕，
风也调着春色的歌舞耕读。你幽静的鬓间，藏着
馥郁的气候。枝繁叶茂。
是你今生的酒。可以容纳自信的祥云。

可以到熙春台追月。天空中飞翔的烟花三月，
把月亮和她的背影一起攀追成
黑白相间的玉。遍地是水后来滋润的芬芳。
还有石座，如同归来的战马，草长

一寸，是鬓，遥想曾经的千里。

数二十四根栏柱，登二十四级台阶。去
多宝架取下天高地远的聪慧。移步，
听杨柳岸隔着窗棂的洒脱，也清秀婉丽，
余味无穷。

爱你如初

陈 广 德

◆ 物 ◆

双桥。所有接纳之中最痴情的臂膀。
夜色里，我等候的步履已经收起了棱角；
你坚定的陪伴，像是隔世的重逢。
隐约之间，有伞，可以在虔诚的雨中共用。
你的或圆或方，诗歌般的游动在
往事的苍茫之中，一次次慰藉明月夜，
可眠的花船。

——《双桥》

常春藤

把心底的欢乐，都融进纯情的叶，
歌一样地绕梁了。这些生动的绿，如同
天鹅湖畔那群飞翔着的鸟，展翅
在向上的赞誉中，妩媚地
回头一笑。

常春藤。一种接近祥云的声音，
在春天舒畅的腰肢上盘旋，等待
想念中的舞蹈
和一页页干净的诗笺。
有风吹来，就有衣着整齐的合唱，
贴着宽容的岸，
用翡翠的柔，润泽这些泛舟而来的夏秋，
和无法生根的冬。

用帘一样的清澈关注山水的阴晴。在月色
不经意的深处，擦拭圆缺。
于水流之后，以摇曳的姿势传达一种眺望，
一种可以临窗的眺望。
让茂盛，成为时光的肌肤，在一次次
重逢之中，护卫那些可以
情不自禁的，黎明。

是绿色里的绿。被美好击中之后，一半留在
人间，一半伸展到云朵的身旁。

黄河入海口

赶路。月以路灯一样的光色隐入
你在黎明时的浪花。风帆的
背影里透出泛黄的经卷，一页页，
以苦尽甘来的安详，落尽浮华。
落尽，走过千山万水和九曲回肠
之后的泡沫般的浮华。

就以沉静的爱恋在芦苇的簇拥下
散步，就以水墨画的淡泊
相伴雁的飞翔。黄河口，你温柔的
涟漪，在秋日的傍晚，在瞭望塔深情的
注视里，泛起了红晕。

一只曾经在你肩头停留的闺秀鹤，
用湿地的滋润，抵达了一串串描写
平野的词语。草叶里的寂静，
是关于源头的寂静。你以一种陶醉，
让激情在翻涌中顺流而下，让行云一遍遍
以虹的姿势，提升明丽的高度。
让衣襟一样的石头，面对你玉带般
温润的馈赠，显露出感恩。
让点点经过此岸和彼岸的相思，
用阳光的丰腴，
摊开你内心的锦绣。

一种可以珍藏千年的锦绣。

就在此地方言的光芒里，你
席地而卧。把沿途的芬芳和着鱼一样的
洁净，涌动成细小的微笑，和浪漫。

用你铺陈开来的雍容，把母亲
一样的静美，缓缓地，归纳给打开的
月光。并且，在一片叫做东营的
清秀中，不复返。

保质期：绾在时光中的安全线

柔若蚕丝的绾在行走的时光
之中，不动声色，一任此前的
风花雪月，矜持无语。
侧身在透明的廊庑，不离不弃。

是思想者的神态。品味着
前世今生的大智大慧，反刍异香，
在短跑或长跑的终点线上，
警醒过分的自由。

忍受半年、十八个月甚至
三年的孤寂，
以金子般的心地，绾住
我们的健硕。

水落石出。抚着石的坚硬，柔弱的
指，就化作昙花，不再回来。

食品添加剂：斑斓或素朴的蝶翅

蛹化为蝶。不仅仅是感官的念想，
也启示着生命的过程，如树的长叶，
花的吐蕊，一步步
进入艺术的
旷野，翩翩在左右逢源。

风和日丽。在时光的赠予中，
唱着纯净的歌儿吧。
银子一样的
纯净，滴落鸟鸣和清澈见底，
揽一抹云彩，舒展心灵。

也是修炼的过程，可以在雪地上
升华，在冰冷中加
一点暖的星辉，只是，不能走火
入魔，忘乎所以。

质本洁来还洁去，即便是来世，
也要留下玉润的念想。

楼　下

可以让小生横吹一支长箫。拈住唯一的
韵，余韵。和着那缕
斜斜的月光，以清风的姿色，
问候前朝流水。

把恍惚之间的鸟鸣，掖在霓虹灯次第
飞来的薄翅里，闪一片水色。
就有儿时小小的身子，匍匐在光滑的
青石板上，找回一声声唤归。
迷楼不老。发芽的是吴歌，款款的牵手，
那些无法放下的痕迹。

其实，每一件印花布衣里都蕴藏着美好。
每一个身影都在景色的景中，融入
传说，由此沁出袅袅婷婷的真意。纯情
是谁在丝和竹之间，开始抚摸一些
香料。让时间一次次崭新。

在小生的回眸里。楼下的水巷，竟然是刀：
一段段，裁去浮躁，一任那抹淡淡的
熏风，茂盛着，那缕久远的香气。

双　桥

那在灯河里吐出弦外之音的弦，和让游鱼
得以流连的诗，就是双桥。

在周庄的夜话里，这是一滴以倾听作为
封面的雨。钥匙一般开启传奇的雨。
谁是你波澜起伏的情节，和挚爱的目光啊。

双桥。所有接纳之中最痴情的臂膀。
夜色里，我等候的步履已经收起了棱角；
你坚定的陪伴，像是隔世的重逢。
隐约之间，有伞，可以在虔诚的雨中共用。
你的或圆或方，诗歌般的游动在
往事的苍茫之中，一次次慰藉明月夜，
可眠的花船。

在水一般不息流淌的关怀里，我把柳枝
摇曳成长满清香的歌声。不说聚散。
双桥。三百里不过是我信手的，涂鸦；
可长可短，可以在诵读声里抑扬。一万年
才是你的故乡，谁也不能错过——

以我痴痴的白发，以你四散的魔力。

水　上

最好让记忆去周庄的光晕里游泳。那只
白色鸟，在千里之外，就凌波绰约了。

我的手指，还能羽毛样的呆在琴键上，
被叫做屋的盒子围困？不用打马，就跟随着
朝向江南漫过去的花，莲花，降落在
良辰美景里。此时，如果有月，
会一滴滴从我指缝中流出，手心里，涟漪般
排列出一些等待。

粉墙黛瓦，还坐在那人涉水而至的傍晚。
镜子一样铺展开来的，是宽容中
越来越年轻的流动，在微风中闪闪。
用沧桑贴着堤的耳朵，一弯脚印的低语，
把年少时的心事泛荡出细浪的妩媚。
去我漂泊的背影里恋爱的，是两簇在独处中
可以汲水的浮萍。

用我熟识的眼睛悠然闭目，真的是：
有水，就能澄净，就能把情歌

润入情怀之中。而水，竟然无所不在。

鹭鸟：开放在生态家园的花朵

一如我的岛屿在春的时辰里开放。有些透明，
就像水流的声音，自由而清逸。就像
从远方归来的女子，给
日积月累的梦，镀上鲜亮的色彩。

在相互聆听的山水之间，一层层，尽染
风和日丽的神态，生长着那些叫做云的植物，
不用傍依谁的
肩，或者，以超凡脱俗的容颜，倒映花朵的
姿势，画出一些圆润
而悠然的弧。

一簇簇开放全都在一群群飞翔之中了！
延伸绿树们参天的愿望，在
透明里，一次次往返，
一次次往返传递着眷恋，和二十四节气的
味道。

影子，把影子一样的根，留在这方
恣肆繁衍的田垄里。
故乡月明，羽毛如花儿一般芳香。树梢的
出现与稚嫩无关，声音的四散开来，与
桂冠无关。微不足道么？
青青草舍里，所有细微的念想，都是哲理，
和宽容。

耀佛岭秀竹林：诗一样的葱茏

你以驭风的姿态选择一种占领。依约而至，
在清凌凌的感恩湖边，守护翡翠
和翡翠一样的故事。一个个，在松风中致意，
在白昼和黑夜里，你以朴实的盛装，表达
钟爱，本份，和不老的心跳。

那传说中的八仙，也是乡里乡亲啊。你给
雨中的乡音，撑开一些遮蔽，随着不断升高的
日子，氤氲一些禅意。也有落叶。
飘去落叶的风景，在结满茧花的手中，
一次次，不以传宗接代的方式深邃起来。
你让筏子平和，不声不响，
浮在一波一波的拥戴之中；你让篙、笛或者篇，
以一种虔诚的心态，随遇而安。

遍及角角落落。不仅仅是约定。此生的修炼，
你在阳光下，打开了一扇又一扇门扉；
此生的传承，你在月光里，留住那些像草一样
需要休憩的回音。

你以潜行的鞭，策动她们内心无言的铺展
——在低处的行走，漫起了
盛大的诗一样的葱茏。

在湖畔

一半是水，一半是天，融入其中的
是起早贪黑的肌肤，和修炼。
在湖畔，我突然豁亮的目光中，
天水是盛大的一色，次第开放的
风，等我已然千年。

那匹古沛的小马，依偎着崭新的
草帽，在水草与水草之间，
显示一种尊贵，和柔软。虽然，
并不是无路可走，也不是左右逢源。

大路朝天！有前世的文字，今晨的
报纸，你的名号再不是孤寂的，
再不是孤寂的苔藓。路边的景色，
飘逸着一如既往的亲切。
脚步，因此就不会老了，不会
就此消散。

有一片充满自由想象的湖，
流进了你我的心里，晶莹剔透
恣意繁衍。

青云岩：凝固的时光

那一刻！不是一步步跋涉而来的啊。云收
雨住，狂饮到达极致，才
挂出尊严——才把宿醉未消的时光，
随心所欲的
叠放成狡黠或者坦然。

为一个人，为一群人，埋下一点心事，
心事滋养了千年。
不说破，任凭你一遍遍刀砍斧凿，一遍遍
寻微探幽，只有风
懒懒的吹过，懒懒的吹过背影，逼出你
一身冷汗。

把瞬间的觉悟记下来，留给后人评判——
这也是一种罢休，
一种无弦的降落和喟叹——

就用这些险峻、奇崛或者清幽、光滑，
喂养我们吧，强筋健骨
在老态龙钟之后，习惯！把时光
踏在脚下——

脚下有云儿跃出，有云儿跃出
海面……

尝试：面对光滑的形状

波纹终于平复。暗夜降临。很多
事情，在吐着鼾声的
眠床上，醉得一塌糊涂。

棱角，让你头破血流之后，没有陪同。
常常是没有陪同。
当然，路径也不重迭或者荒芜。
干燥，是不期而遇的城池。
谁也不能隔岸观火啊，你要学会，
随波逐流。尝试苦辣酸甜，
尝试在苦辣酸甜面前的气定神闲，
和一见如故。

后来，那枚鹅卵石出现在
上帝的手上，面对光滑的形状，你
已经没有惊呼。

巨峰寺：赤足的等待

没有比依山傍石的守候更长久了。夜幕
一次次降临。前世的夜幕，被晨钟暮鼓一次次
撞碎，或者一次次缝合。在石阶上，
有树的痕迹，修炼过的树的痕迹，一声不响
很久远了。

天空是不断开合的门。悲悯的心境，比悲悯的
世态宽容。静坐时的声音，在空旷的
肌肤里游走。不去休憩，不用休憩。
低头看见来世，有诗人说，
"炼丹的佛陀，多赤足"。

心中有一棵树。所有的叶子都有着经书一样的
智慧。朝上是必然，守候是
不变的信念。从高处洒落的甘露，滋润了你的
想象。香烟缭绕，四散成寺院的云，慈云。
在树的周围绮丽着。

依旧让我在富含深意的真实中生存。

想象：在袅袅的炊烟里

树枝在想象中摇动。真的是想象，
不是风来的时候。也许，如同日升日落，
不可逆转。那些广阔的事物，有时，
只需要你把握细节，
把握住细节的真实，和清醒。

一些散落的花瓣，是接头的暗语么？
五百年前，悄悄植入你体内的
未放的蓓蕾，长大的过程，很慢
也很从容。

在袅袅的炊烟里，久违的袅袅炊烟，
你看见那只蝴蝶的翅膀动起来，动起来，
越过一些礼节，和隆重。

古民居：饮宋时的月

那夜。在月的呼吸中落成。宋时的
月，细心的蘸着露水，
敲响元、明、清。后来就老了。

不老的是心境。有人用村巷
修炼这些隐忍的笑容。
一只路过的凤凰，在笑靥里筑巢，
茁壮了繁衍，以院落的姿式，
摇曳出翩翩风情。

也撷取闹市旁的安详，和幽静。
在檐下风干那些宿命的
晦暗。慢了半拍的契合，停在柔弱的
大门大户，那帧用传统的
手艺朴素出的暖，与倒流的时间
一起，烘托小家碧玉。

有喧嚣的市声覆盖了昨日的辉煌，
一动不动。便撬开时光的
缝隙，直到
月一样亮的凝视，浓淡宣纸。

来了，青石板上的跫音

"跫音不响，三月的春帷不揭"么？
弹指一挥，就有美妙的仄仄平平仄仄平，
在向晚的青石板上，抵达
古镇的鹧鸪天。

春帏揭开，就是茂盛着的诗词，在厦檐下的
红灯笼里开放。我在看今朝的习作。
那片琴声，迎向在青石板上踯躅着的
词牌。

灯晕里的韵脚重了。就翻开古镇的典籍，
要蘸着今朝的露水。我找出一个字，
她们就一阵欢呼，就上茶，就像嫦娥一样
舒开广袖，让我惭愧。
我喝一口香茗，就是满街芬芳，
在界牌楼的瞭望中，闪亮。像是珍藏着的
明珠。就有书生一样的吟诵：
东方威尼斯傍水灵韵悠然，苏北
小上海依商繁盛超常。

我说，茶也醉人。就有一湾好水，引来
舟楫无数。也有面塑，
揪着我的背影，捏一串串母语的腰肢，
袅袅婷婷。大姐巧手啊。在今朝，繁衍
云朵一样的高度，惟妙惟肖，

注入性情就可以聆听时代的风。

最初的选择是苗，持久的坚持成花。

我想起这句话中的无限风光，如同古镇上
连绵不断的跫音。

就用这些词牌，养育古镇的精致吧，并且
行吟在我用月光捶制的宣纸上。

铿锵柔情

刚直不阿！以身体中最柔软的部分铸成。
在风里，锤炼白杨的挺拔，
和壮志如铁；在雪中，磨砺青松的
高洁，和浩然真情。

把正义的灯一盏盏点亮，熨平心的
皱褶，温暖泪的冰冷。让事物
再一次呈现本质的可爱，
清晰树的纹理，草的根茎。
生机勃勃的大地，在你疲惫的微笑中，
蓊郁而从容。

在法槌的铿锵之外，还有你春风般的
问候，还有你捧上的
那杯清茶的袅袅升腾……窗外，
有雁阵飞过，碧空高远，阳光有情，
捋一下早生的华发，
你无怨无悔：愿世间，页页写满公平。

肩 起

惩恶扬善！有柔弱而宽厚的肩，肩起
法律的公正和尊严，恢宏
用柔情打底，凛然有清风做伴。不偏
不倚，拨动你我心房的弦。

抚遍每一个角落，把看似简单的辛苦
做到极致。晦暗无处藏身，姹紫
嫣红，在良辰美景中愈加鲜艳。擎一把
阳光的刀，让是非曲直，毫发可鉴。

也是一朵青莲，在喧嚣和诱惑之中，
不妖不染。家乡的荷塘，
飘落了许多恬淡的云和鸟鸣。
行囊里，有母亲的张望，时时
散发着温暖。

身后的国徽，胸前的天平，与法袍
一起，组成庄严而和谐的画面。
肩起生命中的那个高度，
轻而易举，就把风和日丽
刻在了心间。

陈燕萍

迎面而来的，是春风。你的名字，
是与春同在的踏实。根，深扎在沃土，
心，就用来倾听。

那些尊贵的小草，都有了卓越的长势。
她们的叶片上，有你洗涤过的
意境。

就是一团乱麻，也心悦诚服的
顺从。换位时地抵达，亲和着沟通。

设身处地是一种馈赠。种下坦荡
真诚。
难得与你——相逢在春风化雨
之时，平息干戈，感化于引理入法之中。

回看，紫燕复原了信用，让四季送出
天高地厚，一路笙歌簇拥……

明月清风

可以在山涧的石上洗涤的风，就是清风。如同
在松针间来去自如的月，明月。一低头，
就把雪花，作为唯一的眠床。

其实，风也有雪一样的清澈。向上，抑或叫做展枝的
树，直立在风雨剔透的洗礼之中。
明月就这样温柔地照着，宛若你深情的目光，清澈
见底，没有翳的遮盖。

需要从松的静止里，体会出浸染在你心头的高洁，
已经长成铮铮有声的形象。把一身正气
弥漫开来，然后，让松果弓腰在小草的草中。

选择清风的那手，把时光和竹、梅一起，炼成一剂
中药。一服在早，提炼一股清气，贯通任督，
枕戈以待汗马。一服在中，如同莲花开合，
听鸟语滴上枝头，见花香落满衣襟，更有低处的
疾苦牵动你的呼吸。一服向晚，看两袖，可以抵达
透明的翅；芬芳盈身，锤炼成后来者的景仰。

需要用阳光的样子，把景仰纹丝不动的竖起来。需要用
洁白的纸，描摹灵魂的药香。需要银子一样
纯净的歌喉，传递出干净，典雅，又深邃磅礴的
长歌。

身后有明月，一任乱云飘过。有心底的光芒
越来越亮。如同挂在前川的银练。从当下，一丝不苟地
长成无限风光，在一卷一卷的传承中，
滔滔不竭。

山菊盛开

你把根扎在山的崖头。
贴近语言清纯的高度，
在九月，让从容的舞步盛开一厢温暖。

以沐浴的身姿迎向越来越清澈的阳光。有想象
之中的细腻，在远离尘世的山野里飘逸。
所需甚少。是最纤弱的泥土相伴，几滴雨水，
来自诚实的云朵。
你用守望一生的信念，长出这些
朴素的叶子。绿色的叶子。

把珍藏的风骨伸进花朵，怡人的色彩最洒脱的
盛开里。你从孤独中散发高贵的气息，
以回报的心态，让那缕清香，抵达生命的源头。

山菊花。
在这朴实的名字背后，有雪山一样
负重的坚贞。霜风来过，用透明的刃袭向
毫无遮掩的身躯。
贫瘠射出漫长的阴影，引诱
你的坠落。挺过来！甚至不去舔一舔伤口，
就以歌声一样的盛开表达一种念想。

那些默然静立在崖头的枯萎的小草，在你的
盛开里，正把一张

叫做再生的洁白信笺，装进迎春的信封。

在暮色里瞭望盛开的剪影，如同在静谧的原野上
聆听骏马的嘶鸣。以小见大。山菊花，你
落下的花瓣有慈爱的颜色，和思想的芬芳么？

山—菊—花！

竹节荷香

一群荷的香随风在竹林里穿行。就有一节节簌簌作响的
骨气，让微笑出自他们真实的内心。与清涟的
朝夕相伴，是一种尘世的修炼，一种四时不辍的钟声，
走向灵魂的深处了

出污泥而不染。把故乡不老的叶子，揣在清纯的心间。
让那支用月光打磨的笛，悠扬在过来的路上。
就有一粒珍珠，在莲叶的清澈里滑翔，朝向风和日丽的
成长，和啁啾的鸟鸣之中。

一枝一叶。被青玉的翅中孕育的露水喂养在清风的
呼吸里。有节。用布满翡翠的光景滋润的劲节，在雨后
挺拔，在水边远行。一片聆听阳光的葱郁，在风中
恣意出感恩的汁，镶在长势良好的时代，
让可以弹拨的磅礴，不停地浇灌胸膛中圆润的环形山。

还有身姿清纯的新笋，如同旖旎在民间的诗歌，
可以随着
清波荡漾的荷塘，向上，浮雕出涟漪。

以竹的节行走在光阴的典籍里。书页飘过的时候，
就有荷香中的红，触摸这些清静的声音。
把一个个，放在土地辽阔的合唱之上，就有葱茏，
泊在可以想象的清冽旁边，照见繁星的白，
和由远及近的春江的芳。

秀木

秀木并不自知，只因为来到路边，在仰视和
指点中，再不能清心寡欲。

风雨都不是以往的味道了。

该把那条小溪搬过来，对镜梳妆，
写江南心情。
或者揽过瘦月，演绎沉默温厚
——内心的不安，搅起
五粮液的醇香。

只是那辆起重车，已悄悄驶来，准备在
连根拔起之后，培育一种怀乡病。

茱　萸

重阳前夜，茱萸推门而入。找谁？
找去年少了的那一人，和失落的瑶琴，
以及那棵小乔木。

那人去另一座高山上种树。越过空静的
绝壁，和齐腰深的荒芜。望远，
望远方，不谈风月，不谈风月经过的
山头。有酸痛在腹部之上倾斜，
藏匿那些传说，和事故。

就在这里开垦两三分地吧，种清秀，种
狐媚，种 QQ 农场不长的植物。靠近阳光，
恭迎厚朴，在一些突如其来的日子里，
收获诗意的幸福。

一骑烟尘过后，遍插茱萸，犒赏三军。
是谁？在荧屏下，望而却步。

野 菊

不用收割，眼角便有了风情。那时你还小，
还不懂得暗送秋波，私定终身。

星星般的密布，是微笑的河流。
不用深闺般的凭窗，在山野匍匐。繁茂。
沉醉。放纵有汹涌的浪花，
打湿昨夜的饱满，和梦里的清风。

来吧！穿过柳树生烟，青草喧腾，是小小的
一滴水融进了大海，融进了
松软清香的童年，不发出声响，只有
圣洁的轻颤，和陷入。

一切都在沐浴之中，与芳香暗合，觉露珠明亮，
听身心放松。

桥

如果那一道河，是我童年的伤口，
荡出微苦的风尘——而你，以缝合的
善良，连接了此岸彼岸。

在桥上驻足，看水中的倒影，是朗照的
柔，是接纳的波平浪静——真想
抚摸个遍啊，桥栏如玉，流水缓缓升起，
似烟。

如果爱，是河水与堤岸的痴恋，不离不弃。
——而你，就是那朵鲜艳的蝴蝶结，
让有情人绚丽起来，激动
起来！把难熬的等待，扔给了昨天。

如果没有你，天堑变不成通途，岁月
会因此失去一些色彩。情歌无法悠长出
心尖尖上的芳香，目光迷茫，翅膀
挣不开尘封。而我，也只能在河边留下个
躯壳，踽踽而去，守口如瓶。

高粱，在春的光芒中醒来

就在春的光芒中醒来。纤细的村庄之路
已经松软，雪远去。一声祈求，就在杜鹃的
苍凉里滑过，展开翅翼，
去明亮里奔跑。那滴陶醉是膨胀的乡土。

最向往的伴随，是风调雨顺。你的阔叶，
正掀起簇新的体验，渲染比肩而立。
此时，需要母亲的暖，教你一些暖的支撑和张扬。
需要和煦的风，深入风从未进入的酩酊。就这样，
你看见了露的真切，如同屏息的阡陌。
还有，夜的透明和自己体内的漩涡。

青纱帐。在明处的遮蔽，是一种盛大的暗香。
波澜起伏。你在波澜里走，波澜在
你的眼睛里走。刀锋亮处，有月的清脆，
和水广阔的声音。一群踏歌而来的嫂子，
是经年的鸽，守住生命的汹涌，和本分。

守住酒的醇香。在水天相接处，沁入你的
肺腑，一瓶一瓶，把粒粒挺拔凝成
可以烫人的话，有无限风光，漫过来了，漫过
所有的肋，和肋在秋天收获的精力充沛。

高粱，在途经高密东北乡，那片浓郁的
文学之后，就真的红了。

扑灰年画：从高密乡间长出的一棵石榴

榴开百子。我在一声茂腔中看到开启的幕布。
那些玛瑙身姿的粉脸浮出兰室，并且
柔润清丽，透过白玉，芙蓉
和颤颤悠悠的戏文，
在一株株月光的生动里，
活灵活现。
像是我在前朝，手绘过的多子多福。

榴开露出百子。我就做那点桃红，
让彩衣把年画中的雍容陶醉在树梢，
如牧歌。
还要把琴棋书画，
对称在松风轻抚的仙鹤
之侧，让宝瓶铜鼎，端坐在北方的
红木条几之上。
为如意添座，给佛手提灯。
也有香，飘过千年
成族影。耳提面命，让我耕读传家，
忠孝继世。在供奉中一再修炼，成翩翩书生

一位骑着梅花鹿的书生，和他的影子，从
一棵叫做祈福纳祥的石榴，枝杈的
传承中，简约成画。用南方的柳枝和北方的
豆秸烧制成笔，炭笔。起稿。在岁月的
上空拓扑。粗的是伏羲，细的是女娲。

一年一度，以虔诚的跪拜昌盛这些祖先。青烟
袅袅。我坐在前世的门槛上，情不自禁，
想着那件玉雕的石榴，到春天了，
可以临摹山水，和发芽的心思。可以
呼儿换酒。在那只宋时的
画舫，用汉语读诗，一句句，直到月圆。

柳　絮

掩藏不住了，冬日里珠胎暗结的
柳。这时，宽恕美丽起来，尽力张开
以往的柔软，和热情。

清瘦的风酝酿增肥，臃肿开始拔节——
万物沿着各自的轨道：
分歧，抛掷，伸展，远行。

飘然的柳絮，逼真得像甩出水袖的
旦角。荒芜开始流落，
茁长的黑发，已经很难梳理成型

闷雷又在准备声音的盛宴。用不了多久
那一处远山，就会把眼前的小路，和新柳，
缠绵绵的当成背景。

梦 乡

月光朗照，朗照得没有一丝杂质。
你在我的身边睡着了。

那些想念，成为低微的鼾，有着娇艳的颜色。
随手珍藏起来，以备出差的午后。

蚕在吐丝，一生的积蓄在一夜之间，
造就了一所宫殿，蜗居也温暖。

听呓语呢喃，黄粱，黄粱！高压锅里，
还没有香气溢出。

窗　外

窗外春色喧闹。关不住。借一声吆喝，
撞击细碎的秘不示人。

匆忙赶来的红杏，还有一丝
青涩。信马由缰，不去正面地抵御，
不是徒劳。

开花时的坦然，昭示了今天的静好。

急躁的水，流出了过眼烟云。
春深了，你我依然年轻。

琵琶：有关辽源的声音

采一朵五彩的云。我把彩云的彩，涂在
大珠小珠的腮上。那些在蒲公英的
飞升中可以相思的音，符一样的映出了玉盘的白。

就有淡蓝色的轻盈，在辽源的上空，以
魁星楼里的心事，斜照天外
那一抹红。就有十面埋伏，在一滴雨
降落过的地方，一点点地响亮起来。

所有的光辉，在你的十指上栖息，或者
闪烁。风要吹来。杨柳风一吹，韶华
自远处潜回，看四野欣荣，等你，不思归。

拿酒来。把今生的酒，放在你用声音筑成的
巢，和我用词牌喂养的月色里。斟满。
饮一口，日子就清明秀丽，就舒展，就有
女子十二乐坊细捻轻拢，
让我陶醉。再饮，就是烛影摇红。在音画山水
之中，听人欢马叫，如同开放的菊，
用金子一样的身姿，芳香关东。

在辽源。在东辽河畔明珠般的声音之中，
我若隐若现的诗句，是日子中的叶，
是锦缎上的小花，返青
或含苞待放，都需要你的雨露。

驼　背

认真到不认真的状态。垂下头，
感觉空气的沉重。驼背。没有声音，
粮仓是满满的。脚步开始变慢。

老趼开出山峰。却离我很近。
很近的在你面前，
悬崖一般。不会卷土重来。

慢慢地回头，有一马平川，随意的，
想喊出一句什么。

大　器

浑厚。在风云变幻之中。搁浅在
苍凉的柱础。或坐
或卧，或立或凝。也浑然不觉：
那些麻雀的腾挪跳跃，
和那只黑蚂蚁的踽踽而行。

明暗走过，一次次改变视觉的弧度，
用沙哑或者苍茫，构筑
一些不解之谜。逃避了轮回。

心不动。即使黄河改道，再次冲刷
白发三千，最多是顺流而下，
顺流而下啊。头顶一片天，就是
浑圆的世界——已经
涅槃了一次，干涸或者掩埋，都
不在话下。

老 歌

汉语的。尘封的酒在瞬间开启。
已经过往的烟云，又
扑面而来。覆盖或者包围。

那时，我是枕着恋爱的人。

旋转着。眼前熟悉的景物闪现
一丝陌生。草色成群结队，接受
清风的洗礼。就有
念想飘来让你落泪的味道。
刹那间，花朵开满枝头。

终于，一波又一波的冲撞，
成为反光，被琴丝荡涤过的怀抱，
空了。

湖心里的船

那只船，是一夜长成的么？正像柳，
也不是一步驶进了辽远。

细浪的姿势是欲望的姿势，落差，
是经久不衰的惟一。碟碟碗碗，
以驿站的面貌，告诉你一种停留，
游弋，最终无法阻拦。

远处的，远处的风和日丽，有着
知书达礼的雍容。是谁？
在蜕化成蝶之前，不动声色，
如爆炸前的那块死铁。
湖岸想要流动的更远，夏天的目光，
站到了未来的高地，站到了
树梢的上面。

不远的村庄，有着自己的念想，
生儿育女，雁过留名，以及一两次
风情万种的盛宴。

存放心的白云蓝天

宛如醉酒的感觉，摇摇晃晃，在秋的
原野里。

九月，我怀着春天的指向，
捡拾记忆。

苹果透出嫣红，稻浪开始低语。
那头牛，以缓缓的脚步，
踩出一串宁静。登高的欲望，又回到
心里。

哦，我还爱着，爱着
这些平凡的事物；这些能够存放着心的
白云蓝天，金黄翠绿；爱着
这片土地和你。

眼　睛

黑与白。是分辨的结果么？你
低头不语。

常常传递一些什么，欣喜或者恐惧。
似乎顺理成章。怀念。
更多的是发现，智慧由此失忆。

水光潋滟。抑或古井深邃，
间或乌云堆积。标志着生命与自然的
联系。

在脚步跟随之外，感觉到还有一种
力量，也可以被认为天外有天。
——青天之上，还有
几个知己。

赤沙山

巧夺天工。以成群的奇异摆布这些
红，蓝，绿，白，一转身，用点燃过
无数烂漫山花的眼眸，点燃
红褐色的风情。

可以给他们天空的蓝，和时间的深不可测的
歌谣。阳光下，那些烟雾缭绕的梦幻，
随时随地，可以像风一样，掠过峰峦和你的
灵魂。

一些经过诗句过滤的光线，肆意地
投射出千姿百态，
提炼你心中的期冀，和
传说中的美好。
就有惟妙惟肖的石林一样的
景物，闻风而动，
锻打鲜草般茂盛的惊诧。

如同在我们等待千年的渡口，那一声
呐喊。

就把这片质地芳香的阳光，披在你的身上。
让不老的粮食一样的日子，
以清澈见底的姿势，诉说着曲径通幽。

就有读书的念头，在你不经意空着的地方
盘旋。这些平展着的石头，
是豁达的庭院。可以用来邂逅，可以在你的
心里，不断地掀起波澜。

踏歌而来的，是曾经炼铜的神仙。

从桥上走过的诗句

点一炷香，呼唤轻轻的脚步。密密匝匝的
花草，又该吐露牵念。一年了，
三百六十五个日日夜夜，在真实
与虚空之间，该有一架桥，走过我的诗句。

还是不敢抚摸，那个日子。那个难忘的
日子。仰望星空，遥远的心
紧贴在一起。九曲回肠，借诗句倾诉，
天空有云儿飘过，抚慰希冀。

我轻轻的诗句，低些，再低些，别惊动
水流、清风和晨曦。沿途的风景，
不用我描述，舟子不老，
依然有桨荡起。背影铺出安宁，方言
卸下喘息。回家的路，有阳光
照耀，宽阔而清晰……

低下头来，看桥墩是倔强的脊梁，绿色，
是延展的翅翼……

红　叶

大幕拉开！红色的大幕，刷啦啦，
把所有高贵的事物，一下子推到你的
面前。

云雀婉转高远，临水的阳光，捡拾
一片片飞行。风，卧倒在群山的
心窝，有菊，点缀
悠长的秋天。以梦为马，纵横
八千里，都是合唱的蔚蓝。

风雨同行，红叶，在站立的枝干上
烂漫。脊梁般的枝干啊，
支撑起磅礴的高音。明媚无悔，
分担无怨。根，理解在田畴的深处，
让笑靥，从心底出发，
从香山出发，刷啦啦，长成了经典。

家　信

于岁月的深处浓郁。家信。他乡的
酒。升腾的烟缕。

月光柔柔的，是香气洒泻。故乡，
总在这时站起来，走入
我的梦境。石头开花。那些
细碎的、平铺的、温良的欢愉，抻平
我卷起的裤脚，我的牵挂。
真好！醒来，
暖暖的感觉，就更加重了。

僻静之乡的小小院门，也有
滚烫的春联——被想念吸走了颜色，
让时光的步伐，在上面待得很久，
很远。就像那幅赤裸裸的淳朴民风：
乡情永不老，祖国万年青。

大洞山：弹奏鎏金的曲子

所有的树，如同伞花一样降落在
这座山的清晨里。鸟鸣。银子
一样纯净。带着一缕哗啦啦的阳光，
覆盖茅草和你。

还有裸露，筋骨一样的石头。很硬的
石头。支撑起传说，沟壑
纵横的传说。成为山的脊梁，和
武侠小说中的男人。

注定与军事有关，却掩不住爱情
和感叹，遍插茱萸，遍插茱萸一样的
赞美，原生态的美。目力所及，
蛰伏在山坳里的寺庙，透出一种精致
和神秘。恍然之间，已是遥不可及的朝代。
你在水袖里悄悄送过的余温，
还在若隐若现。

日上三竿，才发现洞穴深不可测地开在
和平的肌肤之间。那些
即将到来的战地构筑，是一根根刺，对准
几近沉醉的神经，提醒你——这帧
镌刻在来之不易的质朴之上的
"温馨家园"，应该弹奏鎏金的曲子，
应该一尘不染。

翅　膀

翅膀与翅膀构筑了野花的繁茂，
和野花飞翔的愿望。流水向东方，
涟漪圈圈，是翅膀的裂变。

风动。用翅膀阅读，我们没有
看到的爱情。那些花纹，是以自己的
经验对事物的理解么？或浓或淡，
或浅或深。

飞。或者不飞。都有道理。都有着我们
无法说清楚的道理。虽然常常被说得若有
其事。在僻静处，有着空气的
全部重量，
而翅膀，坚持以心为本。

一不小心，又落入先验的俗套。没注意，
翅膀已在理论之外，闪动狡黠的眼神。

以啄木鸟的坚韧

以啄木鸟的坚韧，啄出夏日里
最炎热的那粒虫子。接近菊一样的
清凉，高远的天空，就真的会
高远起来

蝶。一种轻盈的安详，浸染在
秋之白华的清芬里。后面的弧线，简洁了
此前的匆忙，此前窸窣的百折千回。

推开季节的门扉，空旷，温文尔雅地
弥漫给你。那棵树，又要
轻装起程了。念头，在每一枚欲飘的
树叶上，飘然而来。
谨慎的风，有一种知书达礼的光芒。

炎热不时地回头。被掏空的感觉，
就要降临。

镜子的后面

我站在你的镜子后面，呼吸着可以
凝视的眼神。

踏歌而来！衣袂飘飘的那个午后，
我收藏的图案，突然鲜丽起来。所有的
期待，在张口结舌的表情里，
尘埃落定。一个人的孤寂，说走
就走了。月圆之夜，有甘露，浇灌出
在孤寂中长成的硕大的荷。

在镜子的后面，在回荡可以聆听的
心跳里，我看见成群结队的音符，快板，
上升或下落，以涨潮的态势包围你，
包围能够预见的呼唤。

镜子后面的地板上，不知何时，
落满了芳香，和一动不动。

端坐在书页之上的湖

风，从一条又一条水波之上，找到了你。
是梦中出现过的那片唇么？
木栏们在手边顺从着，像是一阶阶木梯，
送我们来到天上的亭台。云水飘渺，
在点亮隐秘之前，已为我们点亮眼眸。

有一只蜜蜂，从湖畔的树林里
带给我新的蕴含。含在唇边，不愿吐出，
又不忍咽下的圣洁和清甜，
是在岁月深处埋下的诺。一直
走到今天，走到水波之上的情种，
已根深叶茂，步步如莲。

舒展开来的，还有岸边的情侣座椅。
那清纯的姿势，连同潋滟的
水光，端坐在我无意翻开的书页之上。
是梦？总让我
在湖心里，撩开碧荷的裙裾……

花好月圆，为我们准备了一万个理由：
不弃不离——来世，已在眼前。

苇　叶

说绿就绿了，之前的你我，
并未在意

十万顷想象力，力大无比，你
用一滴墨水，竟让她
五体投地。

之后是慈悲为怀，慈谁的悲
为怀呢？粒粒糯米团紧成吊脚楼的
形状，且低头不语。

菖　蒲

强悍！在柔弱的肩上升起。
草木有情，人间
无惧！

被内心的力量放逐，以激情
引领，大幕缓缓开启。

在五月，一道坚忍不拔的
闪电，
劈开了尘世的梦呓。

香　囊

是一些钢质一样的东西，禳灾
祈福，不离不弃。

民心从里面溢出来，温暖着
世界，也温暖着
轻飞的羽。

心形。贝类。勇气
浩浩荡荡，质朴
如泥。

龙　舟

同向！心齐！合力！
身临其境，用每个人
滚烫的期冀。

再也分不出个性的差别，以共渡的
方式，验证着团结的意义。

在大河的胸膛里，没有
无奈和绝望，只有告别和向前，
诗性和挺立！

在萧山，读到陆游咏杨梅的诗

那只成熟的游舫还在宋时的月里探望。你
不在，我只好把那口唾液咽了。
一咽，再咽，如那顿咽不下去的爱情。
小小嫣红，在翡翠的翠里跳动。一阵掠过
你指头的风，吹来。就可以止渴了。

你不在。我读到的那些诗句已在山坡上发芽。
朝思暮想，是山水的无力了。也有花开，
和花开不一样的花落，
用我想象过的姿式，
三五成群，把香都飘散开去。
有金戈之声流传得很远。待到骑铁马归来，
归来去看南山，还不能悠然。
要大碗喝酒，用豪气，绕得骊珠九转，
乘风露盘桓千棵树。等，云开日出。

你不在。有兄从古上都飘然而来。
此都非彼都。
一样。异曲同工。兄以诗句铿锵出柔肠，
让有横簪的那女子，在月下，披散开长发。
心照不宣。曲终人不散。像是我，在空无一人的
会堂里，拾起满场的掌声。

你不在。思还在。湘湖的雨重了
钱江的潮，轻。推窗的是不轻不重的诗句。一推，

是那朵"让我反反复复明亮的红花"①；
再推，就把"内心的黑夜，慢慢地消化"②。

你若在，也要心存景仰了——望月，饮酒，
以杨梅为节，邀天下诗人，和远方的亲如一家。
九州同！把那句感慨换做足印。心不老，
就有诗在其中了。

①诗人杨焱钧诗句。②诗人敕勒川诗句

朗诵：浅隐山之美

浅隐也是隐。隐了，就适合抒情么？
那些散落在民间的顾盼生姿，已经悠闲的
是那枝竹了。就有可以邀月的台，心存高远，
在一旁不动声色。

在你的松风蕉雨里，我用尽了飘逸。
那频频闪光的灯，是一条河流，不断放慢
自己的脚步。一缕从苏北踱来的白发，
一不小心，就融进那团雾，妄想缔结一段
秘密。其实，什么都没有发生。

不知不觉就来到茶具的面前。要西湖龙井，
口味要淡。素瓦白墙。是我读过的那诗。
风花而后雪月，都在一个情字，不必大快朵颐，
在九曲中，回肠，可也。

这样的时分去谁的内心深处，都月上柳梢。
遥远的清音呼之欲出。有一只鸟儿，
划着弧线飞过，飞向它繁衍子孙的巢。
那片阳光在雨后袭来，覆盖汇率和房价的
阴影。精致的结构在微风中沉思，像我，
带着歉意。

下午三点，我在一度消失的徽派里告别。
挥手，蘸着朗诵的余韵，把那棵树

放进我经历过的事物之中，留待闲时翻阅。
再挥挥手，别惊动那朵还要下雨的云，
我，放轻自己的脚步。

后来，你就浅浅的隐，在杭州生态园里，
隐成一座山了。

有　雨

有雨，舒放在多情的土地，开出
艳艳桃花的土地，有松毛菌钻出来的
土地，潮湿的土地。

一些熟悉的植物，突然叫不出名字——
不是我老了，是我来得少了，
少了的，还有月光下的思欲。

能够走出声光电色的围困，也是
一种拯救啊。胶底布鞋合脚，粗布夹袄
适体，唤醒了对自然的依恋，
加重了对春深的感激。

出来走走吧，虽然在雨后的田野上，
留不下多少痕迹。

有 泪

双膝着地。有黄金的双膝，在祖先的
坟前，着地。

低沉的，把阳光留在脊背。胸腔里
总有什么在奔跑，在童年的
野地里奔跑，带着风，带着追忆。
酸楚漫过来了，听涛涌，
灵肉如沐——虽然，很多时候，
我几乎忘了这里。

枝条又萌出芽苞了。来年的春天，
还会有和今天一样的
喃喃自语。河水
平静，绕过书香门第。

有泪，雾上了眼眸，至于远方
在心底，暂时缺席。

有　柳

那些素朴的柳，在觉醒和酣睡之间，
纪念逝去的日子。遍野青绿，
草芽连接久远。

久远的柳冠不老。家园不老。
额头和岁月的交谈，带来这一刻的
静谧。有小花，在风里
开出燃烧。

暮色。柳的摇曳在暮色里，描摹
一种表情，恍若昨日，站在村口的
母亲。

越来越茁壮的柳，坚韧不拔。
给月，以阶梯。　（月上柳梢头啊）

送行时，杨柳依依。

飞翔！撑起小伞飞翔，飞向
来时的车窗——
是柳絮，把思念延伸到无边无际。

有　酒

冷酒热心。在草芽的拥戴中，闪一道
不可见的光，刺穿暮气。

"我只想与你一起面对"，余音
在耳，时光却以隐去的
方式，在你面前凸显。岁月不再忍耐，
丁香不再等待。
行进，沿着各自的轨迹。

远去的流年，端起酒杯。从梦乡中
取出往事，相互致意。
让微醺的风，沉浸在草芽的
晃动里。
有泪如雨。

有酒，在定格的眸子上，
掩盖一些秘密。

雨中，过玉带桥

如同不知道我将流向何处。那些于清明之前
次第生长的雨，苦恋在自上而下的求索
之后，就把自己交给桥下的这些水了。坠落！
缓缓的流水。

古色新墙在桥的那边。石砌的桥，弓起
盈盈的腰肢，在缓缓的玉带上扣着。
临来时带上的玻璃水杯空了。仰望天空，
那年的冷，逼得你转过脸去。一声声，
竹叶们滴滴答答的呓语，
是朝思暮想的
端庄。雨打竹叶，和着玉带的沉默，
就是今天的柳暗花明。

砖雕还带着湮灭的繁华。过了桥，
窄巷有一种散不尽的寂寥，还会遇见
那个撑着天堂伞的少女么？游人们，
早已在回廊的檐下，啄理羽毛。
无语。可风楼里，有一匹用沧桑
喂养的马儿，喷出春秋时期的响鼻，
一不小心，吐露了杜康酒的香，古色古香
和黯然销魂饭的那段阑珊，
那抹空着的惊喜。

不如归去。仿古的窗棂在似启未启

之间。已有一道旧时的月光，
不远不近的
照着我，照着漫漫长路上，
我几近羽化的足迹。

抬步，听一声拉魂腔

叫板！那些风花雪月的故事。在古镇
一抬步，我就跨进了，那柄柳叶琴
弹拨的青瓷，和青瓷中的婉转刚劲。

翻高的拖腔，是抛起的水袖，飘来
蓝印花布的清丽。犹如惊蛰后的那阵急雨，
说来就来了。千仞之上，滚石般落下的
那片掌声。不知深浅，不着边际。

余韵不离不弃。余下的情韵风流。
在《张郎和丁香》里。有衬词破空而来，
破壁而来，遂泪流满面，以袖掩面。
琴声牵魂而去，不尽唏嘘。
柔腔上的敲拉弹唱，柳叶里藏花，
丝弦中包音，以可以传世的装扮，
浸泡在回龙调中。

有人在戏里，在我的身旁，吸烟，喝茶。
还要心潮起伏，还要用黄铜烟锅修一座酒窖，
让那一句句烫心窝子的唱词啊，
烫得起燎泡，拽住你未落的才情，
未冷的英雄气。过往的游人，不经意间
看见了我红涨了的脸庞，如醉如痴，
不胜酒力。

不走！还走。步要好步，笔直，不偏不倚，
干净的是身影，可以入药，芳香。
可以风干了下酒，佐餐。可以被鼓点
伴奏成角色，开放出阳光的气概，并且
铺展在那队齐整里。

街市，临水而歌

波涛三千，在街市中流连。一滴，两滴，
溅落在鲜嫩的菜叶上，如小提琴的上滑音。
在月光下颤动着的心弦。

青石板铺就的音阶。情不自禁地把腰肢
扭细。蛰伏在光阴里的蝶翅，翩翩。
从临街的木格格窗棂中透出一抹红色，
衣也红。那串灯笼也红。就在这街市上走过，
小小女子，便魂不守舍了。

一支歌。悠扬而起。悠扬得让所有的水滴
都放慢了速度，起落有致。我手中带露的歌词，
在风和日丽中，爱恋。随风。随和。
随着曲巷，向天。
摇曳那段清脆的传说。

鲜花朵朵。是我们一同开放，向上伸展的
手臂。让激动抵达脸庞。
水中映出倩影，
壁照雕出花纹，和花园的绚丽。
让古往今来的芬芳，点染音符，点染
知心的词。让踏歌而来的蝶，划出
一道一道弧线，如慈祥的鱼尾，
在透明的安然里，舒展。

街市在幻觉中一次次开阔起来。那枚舟子
泊在此岸，不愿离开。歌，依街傍市，
已经随着那些词进入波涛的心中，和我的
牵扯，一如水草在漫起的清澈里，
时隐时现。

爱你如初

陈 广 德

◆ 事 ◆

震荡你心灵的，是一个远去的背影么？
与生俱来，是我充满泪水的汉语，
和汉语的心脏里不变的柔软。
捡起你曾经垦荒的锄，充实原野上不老的
画卷。浓墨重彩，像是
我等待命名的幸福，已经有了灼热的温度。
看天高水蓝。

　　　　　——《响彻:在丰淳的大地上……》

那给了你抚慰的……

那给了你抚慰的风，清风。其实是来自你的
心尖尖上。清朗爽洁。可以从呼吸开始
纯净。像是我目力所及的那丛兰。正在山谷里
引动流水的声音。

其实，一种笑容可以像花儿一样，含苞，待放。
根在心底。除了阳光和柔软，
不再容纳梦魇的心底。无论在高处，低处，
都有旋律油然而生。如同界桩，
即便在无人知晓的荒野。
也透着尊严，挺拔，和岩石的骨。

一缕清风。在竹叶上唱着澄净的歌。悠扬。
写出一些雁过留名的温暖。我要在
那些音符里，一点点渗透华彩，让她们
过目不忘。是伟岸长成的树，松树。也植一些
雪，清纯成水，在透明的城池，让她们
不停地滋润，安详的清风。

摇动风铃。以我一直想融入其中的姿势
流动，以一种意志的力量，指引
那盏灯，就再也不老了。滴水石穿。以风
应有的清，和芳香。和芳香一起的，缓缓地升。

我的珍惜，在你的心底，是驰。是永无止境。

无声：一种润

一种润。和远处的无声，一起停留在
那被叫做根或者心的，词语上了。随风。

越过喧嚣和寂寞。一页竹枝做的才情，
随月光，抖落了一地，清白。像是我水草样的
诗歌。在夜色里，摇晃。暗香浮动。

源头！是我看见的暖，和鱼翔浅底的色彩。
树木的气息，包围了我的想象。随手
抽出透明的丝，一寸一寸，
织就我胸膛里渐渐硕大的青莲。

这世间，可以用聆听叩开一扇扇心扉。
一抹抹绿，在清风的纸上发芽。还有旗帜的红，
去血管里浸润。舞蹈。鸟儿翻检云朵，
直到远山携手远水，一身光芒

意气风发。以汹涌的姿态。母语一样
就在我脱不掉的衫，和衫一般的肌肤中
不离不弃。就有似锦的繁花，齐刷刷
从天边漫过来了，漫过所有的润，
和润在春天的力量。

细无声。我就在无声的细，和润物的醇里，
一动不动。

选择七月

选择七月！就是选择感召，选择——
阳光！南湖水明澈，
井冈山青葱。脚下的道路盛大，
伴着你坚毅远行。

笑脸，在风雨之后，和着梦，
吐露不老的中国红。
风景因此如画，绵密的工笔画，
精美清晰。心情，涨潮了，
一浪高过一浪，
去迎接照耀，迎接气贯长虹。

选择七月！就是选择旗帜
选择——灵魂！今天纵情吟唱，
明朝就喷薄光荣！
坚忍不拔是七月的指引，
礼花纷纷扬扬，月色纷纷扬扬，
百年淘洗，
留下的都是感动。

选择七月——不远不近，
就是十月温婉的眼波，就是
万众欢腾的国庆。

万物葱茏

是一双温暖的手，抚过山河，抚过
远方或近处的面颊，
抵达一种境界，万物随之葱茏。

抵达也是过程。个中的曲折、坎坷
和磨难，锤炼了百折不回，
雄浑壮阔，澎湃奔腾！
身后一望无际，前方辽远，
无尽无穷。

热爱！无法丈量。江南塞北，都在
这个季节里，捧出
华彩乐段，于春华和秋实之间，盛开
从容。

万物葱茏！携长风送歌，送
悠扬嘹亮之歌！浓墨重彩，是朝霞的
呼吸里，那些带露的
枝叶，对于良辰美景的由衷簇拥。

敬礼：五星红旗!

所有的红都向着太阳升起的地方飘展。
带着体温的红，用信仰的芳香，召唤每一个
日子，收获真诚在命运中的光芒。

一座从瑞金点燃的灯塔，被自己
坚贞的词语，领进了盛满诗句的豁然的中央。
伴随共和国的第一声啼哭，那朵
明心见性的花，在秧歌的舞里，激动出
金子一样的蕊了。

春天就这样走进了辽阔的大地。如同
在母亲慈祥的身影里，看见炊烟，把歌谣
挂上黎明的枝。一些事物，
就有了锦绣的意义，就有茂盛漫过来，
漫过稻菽整齐的合唱。

迎着风，让内心相爱的火焰，渲染成
玫瑰一样的颜色。
一种开放，就像璀璨的群星，在
夜空里，一点点把黑暗刺破，
让号声一样的透明，写下沸腾的时光。

天南海北，都被温暖的激流照耀。山川
河流，用永不停歇地
生长和流淌，抒发不屈不挠的爱恋。

六十四年了，就用中国梦，再一次
唱响大地的心愿。就让不由自主的目光，
透露景仰。就用心底的澄明，
提升灵魂的高远。

在六十四年后的今天，依然需要用敬礼，
仰望飘展的
五星红旗，表达恒久不变的铮铮信念！

档案：源远而流长

在甲骨金石中拓下的，还有过往的身影，
字句里渔猎的伤和疗洗它的草。于是，
记忆可以观摩，可以用内心的指，
轻轻摩挲。沿着简牍、缣帛一路走来，
终于在纸香的岸边，用网，捞起
历史的姿态。

与那些泥板、蜡板，和铁卷金册一起，
各表一枝。一枝游曳着稚嫩的鸟鸣，
在山川之间，叙述当年留下的密不透风；
一枝排列铜的持重，和着经久
不变的符号，成为开启真相的依据。

能够在自己的幽香里自由的往来。城门
洞开，一览锦绣的典籍，和开始模糊
的字、号。一些天色，被挂上树梢，成为
可以通今的标本。

也许是在陈旧的休眠里搁置，一任想象
和书法的矜持相伴。不能遗落。
一直保持着原始的正襟危坐。也如
山间松的高远，塘里莲荷的清纯，庭院中
梅的雅洁。正是明媚的月光，以澄澈
穿透经年的迷雾。

也用知书达理的剑，抖落梦魇。从源远
朝向流长，绵延不绝。
在岁月的磨和砺中，越来越锃亮。
是灯，照见历史长河的不息，
和泛溢的斑斓。

旅　程

从飞翔的机翅上窜过的，不是流云。
人在空中，还惦念着
在街道旁树荫下，擦皮鞋的夫妇。

航机读物只让你瞥了一眼，
海绵一样的心絮，还沉浸在
那本《小说选刊》里。

多少个故事，都没有这么好的
结局了。
悲悯之中，是糖衣般的亮色袭来。

岁月无痕，留下沧桑从头说，
直到用别人的
思索，麻木你的旅程。

听　歌

那首歌抵达的高度，就在那片
草叶的尖齿齿上。那片
曾经停留过蠓虫和露珠的尖齿齿上。
正午的阳光，毫不吝啬的
拥抱，那些
回肠荡气，以及悠悠的疼楚。

往事的月色，在不远的
地方，浸染万丈青丝。发胀的
胸口里，一些念想，
毫无来由的汩汩涌动。一些词语，
和着音符，悬挂起黄手绢。
泪水中，有燃烧溢出。

风，用懂得害羞的娇小，挽起
未来的舞步。

如诗长岛：阳光雨的巢

临水而居的长岛，把柳丝一样的发披洒在
歌声一样的清风里了。那些从茸茸的
地毯一样的草丛中长出来的石墙，错落有致，
是隐逸的意境。在时光的脸颊上氤氲。

阳光来过，让粼粼的水波呵护成闪闪的银。然后
出落成少女，到菩提的叶面上舞蹈。雨儿也来，
用清凉的姿势，去木桥上嬉戏，在阳光的
心里缠绵。

其实，再细的雨丝，也细不过阳光织成的密布。
阳光和雨，以结伴的目光，看中了这处
祥云底纹的美庐。四处芬芳，我知道，一枚叫做
沉醉的花瓣，落在，可以安身立命的发髻。

还要把那片竹林茂盛成诗的形状么？从那扇窗里
望出，河山锦绣。谁的巧手，用可以
传世的手艺，描摹了怦然心动的
风景；谁的背影，以浇花养草的婉约，
渐渐长成了诗句。

饮过酒的汉字，伴着那只蝶儿飞了。是谁
一松手，又让倜傥随风流走。想象着更多的春天
在这里驻足，不露声色，漫过所有的巢。

阳光雨的巢。就在如诗的长岛。如画的长岛
把魅力沁润在，能向四周散发出
阳光雨一样的雍容，并且，以乐山乐水的姿态，
让自己一步步经典起来。

月光的沐浴

月光无际。每朵月光，
曾在汨罗江里沐浴。
只是今夜，月光还在襁褓之中
哭泣。

哭声的含意你都知道了。
我不说，你我也泪眼盈盈，
又在盈盈泪眼中，
透出些许刚毅。

纯情乔家白

就把绵长作为毕生的向往。纯情，在山野的选择里，
靠近本真的颜色。像唱着歌的蜂儿一样，
把热烈伸进一簇浪花，恣意的轻风们最活跃的燃烧之中，
就这样始终如一的燃烧下去。
就这样酣畅地，在生存最古老态势的
拥抱之中，丰美下去。就这样把渊源的源一样舒展的
相逢，鲜润水的裙裾。

就这样，让一滴甘醇与一种高远联系在一起。

乔家白！

触摸这无尽的空间。也聆听那人跋涉时遗落在
泥土上的，散碎的故事。让情不自禁
成为生长中御寒的裘。用心境坦荡的白，
滋养未来的途径，和念想中，华夏的富丽堂皇。

可以在不同的高度孕育出相同的氤氲。如同吉祥的
云朵，并且拥戴所有祈福的白。
也有洁净的荷香，去楼阁的缝隙间留醉。
把一同走来的梨花，点染成歌谣的
形状，在儒雅之乡，
升起袅袅，而且柔柔地被阳光牵着。

琼浆！用里下河的丰沃感知明媚的翅膀，把智慧的

波光匍匐在鸟啼的颜容里，以及似锦的繁
散布一种淳厚和楚楚的风景。
多年以后，在那人的回眸中，是可以知心的铺展。

是可以寄托朝思和暮想的，纯情的白。

回家的路

破云而来！破云而来的，
还有路旁横长的树。

那些拖着尾巴的灯火。小站。
胸腔有浪，推开孤独，
顺从一支箭。

今夕何夕？从繁华归于
平淡。

腊 月

也是一个尽头。呼啸着
展示绚烂。

然后，合上布质的封底。复活
曾经走过的街巷，
河湾。

千帆过尽了。回声里
忽然此年。

方 向

涨潮了。那些必不可少的
浪花，闪现光芒。

总有一些不坚定者，后退
或者转身。一片落叶，
让前行者有了方向。

是谁？开始
占山为王。

让我的明珠恢复耀眼的光明！

一百多年前，欺负我贫弱，逼我割地赔款；
七十多年前，铁蹄蹂躏我国土，屠杀我同胞；
如今，又在侵我主权，觊觎我钓鱼岛……

遍野的火苗已经是咆哮了！如同黄河的
咆哮！那只生吞过琉球的鱼妖又在
张开血口。让我的东海明珠一再蒙辱
晦暗的光绞得我心在滴血。吼一声：
方方正正的汉字，还有骨骼铮铮！

就让岛上的小草长成蒺藜，让它们感受
不屈的魂灵。就让岛上的土坚硬成
钢铁，让它们知道，什么叫众志成城！
把抗议和抵制，挂上猎猎飘展的旗
和森林一般挥起的拳头！十四亿人的念头
铸成踏平海浪的舟。

西边的太阳就要落山了！就要让它向低处
滚去，绝不能让它的垂死狰狞得逞，
悲悯的雄狮也要闭上温顺的目光，涌动起
胸腔里再也不能平息的雏愤——

同仇敌忾！中华民族绵延几千年的长鬃竖起，
并且，向着高天发出最后的吼声：
捍卫主权！让我的明珠恢复耀眼的光明！

草根的激动

阳光迷人！如鱼得水，以绿涛拍岸，把
吟唱推向辽阔，把含蓄
推向抒情的高地，把逆来顺受推向千年
之前的某一次遗忘。

难得这样放纵自己！难得水意丰饶。
真实的绿遍天涯啊。

如我的骄傲，如你的秀发闪亮。风吹来，
最柔嫩的小草，
也有激动的泪水，且不卑不亢。

自由自在的感觉，热烈而蓬勃。
鸟语花香，天空纯净，
收获纷纷扬扬。祖国母亲的微笑，清亮亮的，
是美酒，
是滋养茁壮草根的一枚勋章。

花期，越来越长

彩蝶飞扬！把蔚为壮观的景象翩然到
云层里。空气清新，
爱情浓郁，飘动的红纱巾，带来绽放的
脆响！解读上升的瑰丽。

擦亮远山的神秘，汽笛隐约。感动悄声
细语，琴弦脱颖而出，美妙
脱颖而出，芬芳无法抵御！敞开怀抱，唤醒
翅膀，和悠扬的短笛。

是时候了！歌喉不能沉寂。奔跑！地平线的
念头越来越长，花期
越来越长。大浪淘去矜持，心跳
一泻千里……

乌金：滋养桃花的高贵

比土地更深邃的乌金滋养出桃花。一群
从地心里升起的阳光，花香浸染
他们透明的心地。一抬足，就与温暖
和春天有关，就把峰回路转，
和圆月云雀，走成了风景。

桃花因此而楚楚动人。开阔的安详随后
而来。闪耀着光泽的黑
就是一种安详。就像奉献是一种
可以种植的桃核。让给予一次次生根发芽，
让芳菲一年年长叶吐蕊。就像汗水
是本分的翅膀，
掠过沉积万古的谦卑。

还有比铺陈开来的桃花更接近盛大的么？
羞红的脸颊，是匍匐在
时间深处的金子，供奉着清纯。那些从地心
跃出的念想，清风一样。是一条
没有浪花的
护城河啊，朴实而又闪亮。

闪亮的亮一样，兄长！就为你结出好看的
果实吧，饱蘸汗水，酿出香甜，
在年复一年的祈祷中，成为那个值得你
推心置腹的高贵，成为知恩图报的丰腴。

渊子：油菜花开

最初不是为你而来的。渊子！老陈家的
祠堂也在这里，那些石碑，和
紧锁着的院门，都是风的姿态。只是那些
并非天然的翻阅，已然挤不进我的
诗句。油菜花开，在我的身旁，黄灿灿的，
恍若前世的丝巾，轻盈，俏丽。
渊子！你就在这时让我看见，深闺里，
传说中的那块翡翠了。

渊子！莫非三百年前你就在这里等我？
风雅如你，以水做的清等我。
可吟诗，以云做的纯等我，能洗濯……
湖滩上，那片茂密的青草，
真解风情啊，就知道，我今天会来么？

来路迢迢。那些水灵灵的薹蒜，像是乘坐
驷马高车的女子，待嫁的女子，娇媚，
和着赶车人的心思。我不操琴，也不舞剑，
被那片铃铛读作过客，有些泥泞的
一个过客。落寞。不知前行的路，傍水，
是通向你的曲径啊。

渊子！有着会飞的鱼的渊子，
在柳暗花明之后，以节气遮面，
暗藏那个叫做美妙的词。

渊子！就把这不沾俗尘的丝巾送给你吧，
油菜花做的丝巾，黄色，明亮。我就把自己
天然成油菜，开放些明丽的诗句。傍你，
心中就充满了润，而且，平心静气。

梁寨：白莲藕

我来的时候，你还没来。一任那只水鸟，
在镜子一样的塘面上，梳洗打扮。

是宋词中的方言。点点滴滴，在梁寨里
珍藏，会结出硕大的荷呢。硕大不等于无朋。
自由自在生长着的藕，和藕断丝连，
就是与荷携手并肩过的兄妹。相依相伴。
白，莲，藕。连理枝一般，让隐秘与开放，
在水中恣意纵横，伸张。天上人间。

鱼儿因此欢势。左腾右挪，如宣纸上的
行云流水，见首不见尾。把一枚枚圆润，洒在
墨荷的心上。于是，相恋就是我驻足的缘由。
一座梁姓的寨子，
意气风发。也缠绵。

在梁寨。翘首以待白莲藕的过程，是一首诗
成长的过程。这之间的说，说三道四，很厚重的
样子。以状元的底蕴，镶嵌南腔
北调，是清凌凌的荷塘，收容也藏匿的经典。
至于香飘，一百里，袅袅，一千里。
以及塘边的芦荻，中通而外直，有枝不蔓，
许是相辅相成之意，
也是身外之物了。不提。

一种静谧可以让阳光栖在水鸟的翅上。看
出淤泥而不染；形天然，而去雕饰，
都是才情。我在其中，洗濯
莲藕一样白的前朝女子，若玉，不妖。
不挑不拣。然后，陪我在诗，古典的意境中
入梦。

23 岁

一昼夜中最靠近新世纪的刻度。
23！
是长篇小说最有悬念的
章回，是绚丽鲜花
初绽芳香的时节，是泱泱大河的
滔滔之源。

也许是一场未醒的梦，一台
未开幕的晚会，一个未及打出的
哈欠。

而那条路，那条通向收获的
路，已被 23 岁的身躯，隆隆拓宽。

和路基一样的先烈们一起，
23 岁的名字，有着烙铁一样的
丰满。我的祖国，长河
万里奔腾，鲜花四季盛开，
高潮连绵不断。

23 岁，23 岁的耀眼青春，焊牢了
连接未来的闪光钢缆。

那座碑……

那座碑……

在泪雨之后，有河流俯下身子
聆听召唤。春天里
有一种越长越高的爱，绣上
旗帜，到海洋般宽阔的胸腔里
猎猎飘展。

那座碑……

群山的缩影。凝聚着一代人的
信念。是挺直的脊梁
托举起沸腾的风景，亮眼
然后是青葱。照耀辽远……

那座碑……

航标灯一样。成长为乐句中的
强音符！多么奇妙——
低首碑前的人，
倏然一震，有风涨上新帆。

河水，向季节深处荡漾

河水的走向是脉搏的走向。河水轻柔的
绿波，是洋溢在脸上的笑意。河水。

两岸的稻花牵手金黄的
秋。灯火在薄暮的弧线中闪耀。河水。
放达对雨雪的容纳，不忘朴实
和澄明。

也有旋涡，卷走枯枝败叶，荡涤庸常
和腐朽。最涓涓的
细流，也有潺潺的心音。眷恋
故乡的彩云，
不离不弃，一如既往。

河水向东方。解冻之后，结草衔环，
不计风吹日晒。以
流动为荣耀，以惦念为翅膀，
清悠悠，
向季节的深处荡漾……

响彻：在丰淳的大地上……
——读长篇通讯《永恒的召唤》

号角。有阳光在悠扬的号声里灿烂。
细流在远处。细流在我的心里。我幼年
抄下的泛黄的日记，涓涓在号声
和细流的腰间，飘出彩虹一般的共鸣，
和回旋。

需要一种燃烧。或烛。或炬。伸出你的手，
我的手，给她拂去
霜。搀扶起蹒跚的魂灵。让一个
金色的名字，一呼，百应。
春天犹如天籁般的歌声，在你的胸膛里
长出温暖。爱心。
施，或者响彻，在丰淳的大地上，望不到边。

甘醇，像浮雕背后深邃的岩石，涌动着
永不落幕的红。
坚守。是一滴清泉。可以羞涩，
可以杨柳蹁跹，暗香浮动，可以甜，
可以在月光里干净出
诗句一样的情感。
超越渺小。我把千山万水，揣在心间。

震荡你心灵的，是一个远去的背影么？
与生俱来，是我充满泪水的汉语，
和汉语的心脏里不变的柔软。

捡起你曾经垦荒的锄，充实原野上不老的
画卷。浓墨重彩，像是
我等待命名的幸福，已经有了灼热的温度。
看天高水蓝。

是赤子。是一种叫做高贵的光波滋养的
浩浩荡荡。是待续，未完。

燕子，轻盈的飞翔

你所留恋的矮檐，已是楼厦。你划过的
波纹，点亮了江南江北，
海角天涯。

好时光！春风舞动心事，对镜
裁剪落霞。旅人，极目你轻盈的飞翔，温暖
没有乡音的景物，和油菜花

阡陌舒展，草色吐露鲜丽。是谁？温婉的
呢喃，让我听成了情歌，
十八岁的情歌，
一句句，是饱含羞涩的蓝印花布，
洒落一地佳话。

在纯净的蓝天下，你的赞美，就是我的
赞美；
你的抵达，情依依，就是我的抵达啊。

杨柳，枝条的珠帘

在家的方向里芊绵，万千条。描画
一种真实，以司空见惯。

树荫里有父亲的烟锅，直至月色弥漫。
回忆是黑白的，更敬重
彩色的今天。低垂的枝条，亲近泥土。
婆娑不老，有歌者的感悟。
母亲说过：故乡的云，离不开杨柳的
根，总赶过来，摆出丰盛的晚餐。

节令在蝉鸣中成熟，牵念混淆了
辈分，和方言。
一群幸福的鸟儿，飞来飞去，梳理着
生活的羽毛，穿越袅袅的炊烟。

在俯视和眺望之中，安详！正透过
枝条的珠帘。

性格：一柄出鞘的剑 ★

江山就在您的性格里定下来了。可以省略风雨，
可以省略岁月，可以省略铁与火的交响，
省略到薄薄的一张纸。性格，依然
从那张纸的皱纹里，不屈不挠地，透出来。
如同沙里的金子，和云朵后蓝天的
博大。

十二岁，就把戎马生涯和传奇扎在了腰间。
在鲁西北小延安的蟠桃林里，
景仰，是纯粹自发的风，让家乡闻风而动，
铺展磅礴的牵挂。
一枚枚金质奖章，是当下的捷报，也是
果实，是您性格上的花。

一亮剑，就引领豪气，光芒四射。
刚！青铜般的直立，光明磊落，以硬朗
撞开经历，出生入死，就如铿锵
在您口中吐纳。做浪花，也百折不挠，
激荡，冲刷。不肯泥沙俱下

再回首，看行程坎坷，也罢。

有洁净的纱，伴随风和日丽，和您忠诚的
马。一样的清风盈袖，一样是
读着晨星回家。

坐在干净的岩石上，翻捡身边的行云。
还有您一生闪亮的光华。

以微笑在冠县的沃土中长出您的名字。像碑，
是一种无法磨灭的安详，在心底
在天空下，成为我辈无尽的，追思的种子。
年年，岁岁，和着泪，与可以丈量的
性格一起，去清明里发芽。

★是夜，悲闻同学父亲周年祭日，匆此以志忆念。

爆竹接踵

总是按捺不住！与蛙鼓遥相呼应，
桃花灿烂。

接踵！一次鼓励连着一次鼓励。
马蹄声声，声声马蹄里传递着风流的
信息。在路上，是步步高的旋律，
让理想和爱，迎风招展。

激情由此不息！是静默之后的即席发言。
喷薄。雄壮。坚强。耀眼。
从夏天铿锵走出，带着冬的渴望，
春的孕育，和秋的分娩。

日出东方！浩浩荡荡，举起万物的繁茂
生长，以及山河的澎湃内涵……

偶 感

每个季节，都有自己的心脏。
就像在闪光的
流水中，也有漩涡。

只是我，摆不平中秋和重阳。
不知道应该把双脚，
软弱在哪一个日子里。

就像一驾车，突然遭遇了一个词 ----
南辕北辙。

自在的林中鸟鸣

欢乐！可以随时回到我的心房，
听这些鸟鸣你就会懂得。
天空蔚蓝。蔚蓝的让人心疼。

婉转而悠扬。擦亮蓬勃的绿色，
让季节悄悄移动，于飞翔和驻足之间
寂静，在泉水中流淌。

只能沉浸其中，不去想什么破译，
什么技巧，只须收视返听——有些事物
已经消失，有些景象正在萌发，
如彩虹。

一声声，正在回到鸟鸣内部的鸟鸣，展示
冬日阳光的味道。让我的小诗，
一点点绽开敬畏的花朵，用知书达理的
姿式，抵达清澈和广袤的源头。

在观音山的林子里，亮晶晶的鸟鸣，
和我此时一寸寸的玄想，都是自在的。

在节气之外

缘于乡村的那一滴雨，可以在
城市的枝上停留的那一缕
记忆。站起来，是国画中的留白，
用纤细的传说的翅膀，吐出
一些清凉。

或者是潮湿。像是我移走花盆的
空地，那些印记传承了
一代一代的月色。
我在遥指，杏花村外藏匿过的柳絮。
你早年轻吟的词牌，如同泊在
纸上，振翅欲飞的灰蝴蝶

是一些追思的颜容。年复一年的
小草，用茸茸的耳朵，惦记
次第开放的雨伞。由此而来的
钟声，写出节气之外，
被簇拥的宁静，和种在地上的
波光。一本书的封面，
正在收拢已经过去的时日。

我看见这些散漫的雨滴，在纤弱的
肌肤上，植下久远的鸟鸣。
那一阵好风吹过来，吹过来树叶们
清新的气息，可以吟诵。

就让春华在这个季节里，与温柔的柳
抵足而谈。匍匐着的
身影中，我的忆念，是顺着
你的血脉而来的谣曲，历久弥新。

意　外

快门。把来自南方的风，系在房檐
清爽的颈上。就有一些豪情，
在寂静的枝上孕育。

那些穿过春联的目光，正在唤醒
未丰的羽翼。

我在翻开的书页中取暖。

就有你，从过去的院落中，
用体内的闪电，突然
跃出画面——
如同奔马，冲击视觉的姿势。

往事：原本就在往事里

往事，原本就在往事里。想起那些在
夕阳下升起的忆念，真的是
触景而生的么？一把锄头，
总是在并不肥沃的土地上翻检。

翻开发黄的书页。当然不如
电子书的光滑如玉和浓缩、方便。时光的
穿透力，如同呼啸而过的车，
我的等待，我的
受雇于梦想的等待，开始发黄。

困意一阵阵袭来。我欲乘风归去，在
一些风景里掺进孤独。
有桨声飘来，是均匀的呼吸。卸下已有的
琐碎，越过千年，
要么酣眠。要么醒来，让神游八极。

此时，有什么开始轻盈，轻盈得更像
真实的存在。

那束干草味的阳光，穿过灵魂一样的身体，
也穿过往事，
把过去和现在连接在一起。

后来，远方的海开始辽阔起来。

萧索：高高低低的偶然

落草为寇。以不可救药的速度，占有
更多的阳光。没有遮蔽了，
没有熟门熟路可走。也许，还有
一丝怀念。

目不暇接的陌生，把怀念湮灭在
去唐朝的路上，一种
斜向伸展藏匿春秋的树，
毫无顾忌地
盘根错节，为你提供秦汉典籍上
没有的学识，和神态。
花光已有的老道，颠覆惯常的柴薪，
砸向你的，都是祈愿。

其实，在那尊奇异的根雕里，听得见
天籁一样的光景，对于循规蹈矩的
绿荫，这也是背离，和呼唤。

感觉自己弱小了许多，又强大了许多。
所有挂在树上的梦，接连出现。
风，
用无形的手，掠过野生的草，
就乐不思蜀了。

在本分与不本分之间，只有狂想

能够穿行么？原浆的酒，
在萧索的树林里传染沧桑，传染高高低低的
偶然。

根系布满念头。才发现毫无防备的路径，
最容易相通相连。

冬日：提炼雪花的纯

在冬日里，提炼一片雪花的纯。以
光秃秃的树的怀想，以那阵
掩面离开的风，以干燥的墙的转角，
以错落的聆听的欲望。

去年这个时候，你多么想，你
就是那片雪花，你就是那片婆娑起舞的
水之精灵。
羽毛，挥洒着白菊的雍容。多么幸福，
玉质的光华，在开放的年龄。

如今，这一切都辽阔起来。极目远眺，
没有韵脚的诗行，还散落在
等待之中。回望，也随手拭去眼角的
湿润。多么不合时宜，就像在
炎夏的阳光里，还有冰。

就像在花开的季节里，有一声凋零的
鸟叫，覆盖了，曾经是
清澈见底的月色，回到混沌的黑。

时间被等待压扁。可别转身离去啊！
我知道，在突然到来的
那阵暖里，有清纯的，雪的消息……

滋　养

温暖和欢乐。是风轻月白的
期待，故乡的期待，流水熠熠发光。

在分担之后，去最深处开花。更多的
日子，成为春天。

秋天。把春天的花粉和日子一起
变成果实，累累的果实，重阳的果实，
占据目光所到之处，分享
遂成自然。

肃然起敬！能够分享的人滋养着，来自
故乡的全部爱恋。

季节的光华

水暖鸭先知。蹼轻轻划动暗香的困倦，
把大大小小的水珠，植在
阳光的身后，五彩缤纷。我在看。

我在看一行湿漉漉的路线，
舒展水质的长袖，
穿云破雾，送给我开始返青的信。

谁的耳环玎珰？

在春江梳妆的身影里，有梅，
于透明的转角处，
闪烁季节轮回的光华。

徐州：清水走廊
——写在南水北调东线江苏段试通水成功之际

在这里，我用南方的雨滴为北方的
雪花添香。这些清水，是我
吟诵过的水调歌头，在千里之外，
涛声不绝于耳，朝向透明的词，和
身披轻纱的诗行。

水往高处走了。带着我的心跳，
闪动着粼粼的波光。
水草在感动中静静地安睡，鼾声
去翡翠般的汉字里徜徉。

顺流而上。低处的情义，就在
这抑扬顿挫的吐纳中，
长成赏心悦目的锦绣文章。

漂浮着枯木衰草的一页翻过去了，
也修整好典籍上的污损。
在兵家必争
之地，让晶莹拍岸，让书页
一样的流水，潜伏玉一般的润，
到月下的读书声里繁荣荷香。

借朗朗的汉风，把读书人
心中一尘不染的光明，经典成戏文。
就有一地的月华，蘸着汗水，

收拢这些被屏住呼吸打捞出来的
清澈；就有一条走廊，
临水而居，成就蓝盈盈的梦，
和梦中悠长的飞翔。

献　诗

万马奔腾！山水为之颔首。

有心旷神怡，在远眺
与近望之间撞来，纷纷扬扬，
让啸傲放喉。

热土暖风，敢与岁月争秀，
大爱，永无止境！有日夜兼程，
诗意地
挽起城乡，见证盛世风流！

葫芦套：《敌后便衣队》拍摄现场

我来时，那匹马已经涉戏很深了。夏风
可以停留在坡上的草叶中，像我目不转睛的
凝视。尽收眼底的场景。

时光回流。时光在这些逼真的场景里跑回
昨日。骑在那匹枣红马上，
就可以耀武扬威么？
尘埃落定。无言的大地，
安静在"得道多助"的阅历里。鸟语，草浪，
还有那些刚脱下的鞋子，
也是明心见性的观众，不做渔翁。

爱过恨过的剧情。延伸了内心的风暴。
六十多年了，青草没有走出过冬夏，
落日没有从西边升空。那处院落，
是我们的知音，用三、两朵光斑跳跃一种
永恒。黑与白，就在一瞬间定格，
弃与不弃，泾渭分明。

从随身携带的洁净中，我把后来的风月看了。
在与金刚般的便衣队员的合影里，我把
破空而来的歌声听了。
因为这些绕梁的余音，
六十多年后，我们可以站在坡上，
占用一棵树的姿势，回望历史的公正，

满怀敬畏。

走了。在回程中，想象对这些碑石的期待，
就像小板凳在童年打谷场上的翘首以待，美不胜收。
等着看吧。

我的徐州

汉风飞扬，扬起九里山的硬朗
与宽厚；汉韵舒展，
展开云龙湖的青波和温柔。

钢是骨骼，煤是肌肉。顶天
立地，是我雄健的歌喉。

放喉一声响亮，响亮出
有情有义
开明开放的，我的徐州！

青稞：天佑之德

用高原的清冽喂养你，和你的醇厚。在那些
发辫一样的穗上，有吉祥的云，
把念念不忘的高远，揣进你的怀里。

青稞。用你一生中最好的时辰酿出
清秀的容颜。目不斜视。就有我
银子一样纯净的问候，带给你滋润，
和源远流长的天之护佑，拭去隔夜的
薄霜。

在向上生长着的善，和不断延展的感恩
之间，铺陈一种赏心悦目的千丝万缕。月色
在朦胧之中，添加那夜思念的
起伏，让一个名字，回荡成若隐若现。

就让这干净透亮的广袤披展在肌肤
圆润的铜上。阳光，携望眼欲穿的暖，
停靠在锦绣河山的清澈里，渐渐
长成诗句。

让粒粒饱满，一遍遍地述说厚德载物。
一遍遍，让歌声从已经成酒的绵甜中溢出，
风一样在节气里回环往复，在传说的
亲切中透露星光，九月九的星光，
修筑回家的路。

所有的行走，都在怀揣的眺望里受用
不尽。邻家院落的那株海棠，把
往事婉约出怦然心动的柔，就有红烛高烧，
滴落缠绵的声响。赏心悦目。

氤氲在一种可以芬芳的鸟鸣之中，感恩
天佑之德，青稞酒，就盈盈地亮了，
——盈盈地不遮不掩，一夜成名。

慈　爱

无边！一种可以传宗接代的温暖。像是你
足够宽大的手。拂过凹凸不平的岁月，
把清亮亮的感恩，植入有竹的心田。开放成
今生的时光。

我跟着你。看见鸽哨飞升，银子一样的行程，
是我未曾见过的姿态。豁亮。并且
曲尽其妙。千年的皇天，悠悠，不负后土。
浸透干净的歌谣，是我摇篮边的虹。

润物无声。以风和日丽的体面，滋养
广阔的知书达礼。水一样，需要清澈的铺陈。

原谅我的婆娑起舞，在你面前！
用祖先的希冀覆盖着，澄明，是此岸彼岸？。
微笑！给她们涟漪的种子，
以慈悲为怀，？给他们施舍为心，和纯粹的白？。
如同天光一闪，门，开启了。

要看见沁人心脾的香，漫过来了。
那些像银子一样的声音，是依然永恒着的真，
善良，美，和历久弥新的性灵。

虚　怀

在山谷中接近露水的念想。他们的鸟鸣，无拘无束。
青绿色的开阔，节气一样安详的远处，
在一叶扁舟的悠然里抵达。把光阴折叠起来，
一寸一寸。把记忆铺展开来。去那端
制作你的柔波，菊一样的引伸。就这样
虚怀若谷么？

把密密麻麻都装满书了。给记忆，留一些
空隙，盛风，盛雨，让谦卑的
目光驻足。我知道谁能切开词语的芬芳，
谁依旧在诵读。一遍一遍。

其实，你要记住那一点也就够了，拨去迷雾，
感受那一点的清澈幽长，和跌宕起伏。

我，就在黄昏的纤弱里掠过树梢，抽空那些
废了的欲望。漫无边际的蓝，不名一格，
和一万里的想象，都让我情不自禁。这时
月，已经，升上中天。

和 泽

此时，身旁的流水早已把不息的潺潺，
溶进生机盎然的渠中。入睡的小草，
被唤作她们的光景。可以回到水调歌头，
可以蓑笠纶竿。

银色的光里飘落了柔滑的丝。笋，伸展
一下腰身，就长高了许多。有风吹来开花的
声音。可以成就许多梦想的绽放啊，
不离不弃。

宽容浮上水面。天人合一。在水草中浮游的
蝌蚪，尾巴越来越短。岸边的杨柳，
腰肢剔透。以舞蹈的姿势，也聆听鱼的呓语，是
跃上夔门的智慧。自由且悠闲。千山万水
走遍，又回到原地。
那缕风，亦自如地转弯。

用你纤细的手指拂过石头。暖了。就是
温润的凝视，水波，越来越散漫。
他们无欲则刚，恬淡是诗歌中的软玉。有和，
则一往无前。

鹳雀楼：登高

依山尽了的，还有当年深深的庭院，和那些
次第展开的植物。与诗一道行走的
那人，在四部典籍和五部经书垒成的台阶之上，
抖落目光，看见大河的
奔流，和河边戴着斗笠钓雪的蓑翁。

上善若水。注定的激浪，在凝固之前，是恣肆的
草书。与天连在一起了。可以挂，可以
回首。之间有寒窗般的星星。如月的烛光，
照见书中的女子，颜如玉。发丝上，有母性的舟。

望远。在盛唐播下的种子，在青花瓷的神韵里
浸泡过诗词之水的种子，祥和的种子。
绿满天涯！怀抱整个夏天，
把禾的名字澎湃在田的中央，平野依此宽阔起来。
在历史的深处，有人汲水。

风和，接着是日丽。恍然之间，来自桑蚕的茧中，
纤纤的光滑，拂过隔世的浩渺。飞檐下，有洁净的
歌谣，表达雨露的身份。与云朵朝夕相处的思想，
一段段，亲近盛大。漫延出阳光的温馨。

盘旋向上。让脚印依旧保持骏马的姿势。擦亮
一粒粒汗滴般的珍珠。鼓，响一下过去响过的宁静，
便虚幻了许多。

风景，因此飘逸在一尘不染之中。有鸟，

飞进诗句的身后，啄理梦境边缘的羽毛。唯一
移动的，是那人的若即若离，竟抵达意境的高处。
那些清澈见底的声音，越过千年，长成一棵
力透纸背的，参天之木。

俯首，看鹳雀楼发芽的影子，若隐若现，像是那杯
依旧升腾着的热茶。

起　点

一棵树。要用多少个故事，才能长出
一片片叶子？元旦里，我保持
起跑的姿态。

雨，还在苍穹的某一处猫着。迎向风，
感觉细小的擦痕，
光的擦痕，这是被饱满描绘的领地。
伸展在无语中进行。

信念浮起我们。在路上，流动
是叶脉中的必然。
沉淀并不是完美。用脚步丈量岁月的
怜惜和给予，风景是明媚的
插曲。

没有终点。长长的过程就是长长的奖赏，
爱在主动地进取之中，
重返心田。年轮，体现真实的存在，
不仅仅是温暖的回忆。

在荻港

浓浓淡淡的春可以在这些石桥的
涟漪之间妩媚了。像是飘进你手心的
花瓣。那位束腰的女子，正在
登上青石板的典雅。穿越荻港尚未被
轮回的余韵。

其实，一丛芦苇已经把荻港的四月
排列成诗的形状。远处的
粉墙和兰花指般的飞檐，是涉水而至的
期待，斜倚着靠街楼的纤瘦，
一天天地具备了张力。

用众多的目光写意古老的妖娆，
如同诱惑过小人鱼的童话。阳光，正把
闲适的芬芳，播撒在
我钟情过的长发里。别回头！
让水伸进这些贮满诗意的背影之中，
让久违的感动，一点点，
回到曾经流浪的草叶，和我枯竭了的心房。

在荻港，推开那扇斑驳的木门，就把
一身的风月散尽了。这里的宁静
正在发芽，并且长成那枚可以致远的
良宵，等待你月色一样地漫过来，漫过来，情同手足，
成为可以终生守候的平淡，和安详。

浮　云

走了。不回头，野鹤一般，不停留！
才不管那些曾经的跋涉，
曾经的鲜花，和金镶玉的簇拥。

圆润的影子。从此天各一方。
沉闷。空旷。原生态。散了的宴。
那些瓷器真好，
细腻，光洁，闪烁女人的特质。
佳肴残留的香，优雅
是落幕后的灯火。石阶空空。

太阳依旧升起。水流还在。日子
一声不响地，铺陈在或高或低的路上。
小草，自顾自的枯荣。

秋到深处，高远，是自然的展示，
不在意，圆缺阴晴。

用心修炼的光洁

光洁是一种修炼。让弧线把飞升的姿势，飞升
进我倾慕的目光里。银色的日子，
离火红的翅膀
很近。可以脱胎换骨的器皿，和着那些
流畅的背影，一件件耀眼起来。

我的倾慕在微微的熏风里。那些在水中游弋的
器皿，把心中的倾诉，根一样扎向了大地。
袅袅升腾的语调，如同抽枝发叶，
在瓷的细腻之上，
风摆杨柳，咏出一些《将进酒》般的诗句。

光洁是一种修炼。让磨砺和弯曲成长为暖。
一些僵硬在暖中融化了，像是
晴夜里的白云，柔柔的抚摸你的精致。
月光，恰好在柳梢之上，
把心中的一腔安抚，镀在
环绕的回廊，如同光滑温润的玉。

看着银子一样的洁净，端坐在向上的中央，
把千年之前的高贵，修炼成卑微的我
可以触及的藤。让长势良好的谷，鞠躬一样，
任她们检阅。

光洁是一种修炼。是远走他乡的荣耀，

是在国门之外，那些褐色或蓝色的眼神里，
可以察觉出来的仰视，和你内心不变的
坚韧。

还有深谷的兰，纸上的汉字，
以及光洁在春色中
恣肆的茂盛。

分　享

是稻穗对稻田的赞美。满腹的话语，在
沉甸甸的激动里。

两岸风光旖旎。此前风吹稻花，云帆
直挂沧海，胸襟铺开大地。
石头，在山的怀抱中，分享巍峨和苍郁。

我在你的翅翼下，分享自豪。

祖国啊！稻浪翩翩起舞，钢花吐露心迹，
昂首挺胸的意义，在于憧憬
和梦境，都触手可及。

如同浪花之于大海，光束之于太阳！我的分享，
是骄傲，是赞美，
是爱！是灵肉交融，是永不分离……

矿井：关于阶梯的解说

不经过这样的升降，就无法把人生锻造出
光明。已经数不清多少个昼夜了，
日升月落，都从这长长的巷道中走过。
星也走。智慧和胸怀，
都在这里经受磨砺。
一盏盏灯亮，刚劲的脊背也亮。在
这深深的矿井中留下过背影，一个人，
就有了基石一样的坚强。

风镐一样的挺进啊，把生活的碎屑抛在
来时的路上。阳光从心室里发出，
皱褶成为放射的声音。瑰丽的纹理，
开放在年轻江山的陡壁。
世界，因此不老。

在一块块沉寂千年的煤里，听得见灼热的
态势。

感同身受。低头，支撑起四季的鸟鸣。在
仰望中，接近清澈的桃花。一步一步，
以坚实丈量温暖的时光，和美的纯度，没有
奢华。最低处的心跳，有着
蓝天一样的广阔。

罐笼升起来了。脚下是夜色，连同

万家灯火。每一页书中，都有的黑色的
字，倏忽熠熠闪耀。

就让这些闪耀融进每一个角落吧！一层层，
足印
烙下的日子，越来越亮，也越来越高。

游　说

去年的苇叶，又绿在五月的唇边。精致
还在，只是多了一些沧桑。

我静静的站立，举起破落的疼痛，和山河间的
游说，以及游说的一段段升华。

我信了！你嘲笑就嘲笑吧。树梢上的
圆满，是一点点长大的。月牙绰约，紫气丰盈。
渴望和被发现保持一些玄机。

梦境，总是气喘吁吁——芦苇，是前年
萌发的。与庐山无关，与古老的
青花瓷无关。可你说，
前年就是前世，今生相逢，别再忽略月下的
泥泞。

在游说之外，有什么深藏不露。对于苇叶，
我是芦尖。在水边，
卷起等待的壳，内心一节一节，
把空旷推向辽远。

竹林之中的飞瀑

那条小溪，在你孑然的发呆里，和着风，
鲜嫩地流动。
我来了！为了吟诵，你尘封的诗
在心无旁骛中。

我在诗的镜湖里孵化的桃花水母，
以守身如玉的姿态，明媚着千年之前的
想象。你在月华中盘起的发髻，
依旧清恬。如同竹叶上，那句似滴未滴的
绿。

是谁？在此时纵身一跃，就像
诗句中的跌宕，溅起了竹香和翠，传达
一种清淡的铺张。

就是一跃！你久闭的心扉，在白云们
可以舒展的衣袂里临风。
临风，让高处的水，霎那间开遍江湖。

江湖上，一片月色，可以把风的
起落，镀上发光的念头。
一段痴情，
可以让翻飞的心事，
跌落成一串茂盛的飞瀑。

而我，是那位吟诗的书生，于
你的长袖伸展开来之前，
以心香一瓣，
在禅寺的寂照里，双手合十。

光　束

我就是那束光！坚韧在血液的流动中。雄黄酒
和窗外的月，在相遇时燃烧，从前的
某捆柴薪。

我一直在路口张望。照亮一张张陌生的
脸，都不是你。羡慕那柱古槐，
一直在千年枝头，用叶子陪伴平静。

比你的寻觅更加寻觅，比你的等待
更加等待，一年年，装点夜最黑暗的部分，
"在原野上闪耀"，装点路人的风景，
曾在某一站台得到确认。

没有轻音乐，也不是雷霆万钧。只是，只是
一束光，穿越了寂寞，
又陷入了寂寞，跟从着心中的某一道辙痕，
某一道圆形的辙痕。

无法拒绝，对云卷云舒的向往，
对床前那片月光的仿效……

微电影：从一滴水里看见的王国

一次时间的滴答飘落在传说的精微之中。把
每一个镜头，细细地用诗意磨过，让月光
贴在叶子青春的边上。声音和灵气，也以修炼的
姿态长出翅膀，宣读芬芳的星海。

一滴水，就在时间的滴答里，透视出辽阔。
让细巧的美剖开的断面，装满
呼吸和心跳。

需要鱼一样的左右逢源，用倾心的色彩，
滋养那些可以相互致意的温暖，和
一个个活过来的字，开放一丝不苟的智慧。

可感可触。一缕在纸上低吟的葱茏，把久违的梦
植在可以移动的银屏上。

一扇新的大门。目不暇接的是从清瘦到雍容的
蕴涵，在小小的楼阁里，一饮千钟。
一样可以大手笔，用磨练过的腕，力透纸背，
长成天高地远的山水。

一滴可以穿透岁月的水。送出过去和今后的日子，
气象万千。就有风流脱颖而出，在以小见大的
王国里茂盛。

就有如花似玉，让心怦然不已。就有与生俱来的
王者之气，铺展八千里云月。并且
精致着，如一粒粒珍珠，在惊叹的目光中
圆润。还有一枚枚不羁的才情，在丽日光风之内，
点石成金。

关 怀

在奔波的隔壁，静静地坐下来。
看插上菖蒲的门楣，有四通八达的关怀。
河面宽阔无风。

艾叶照耀疼痛，你无法走出槐花和蜜。
往事很蓝。往事在回忆时
很蓝。跟踪还是潜伏？你低头不语。
时光遥远了老态龙钟。

我的意念透明起来，想象自己是一棵树，根须
扎进端午。或者是一座桥，连接
回廊和怀念。把影子
留在云端。一些酒涡酝酿出渴望，如花开。

如花盛开。还在浮尘中，用关怀
抬起人生的高度，
风干旅途中没人看见的泪水。敞开胸襟，
让包容和赞美同行，聆听
牵挂，脆生生地，喊出了你的乳名。

慈祥，簇拥阳光

土生土长。与星空互相照应。在五月，我的
故乡和亲人辽阔起来。
招一招手，思念疯长成蛙声一片。

有慈祥簇拥阳光，覆盖所有的愁绪。有一地
清脆，摇曳日渐葱郁的枝，看
鸟语秀美，跃跃欲试，之后会有闪电。

而慈祥是优美的瀑布，冲刷迷茫。
嘹亮暗哑的
脚印，和天籁相濡以沫。
谛听！有滚烫的花期进入你的柔软，
进入你盘旋的守望。

慈祥是陆地！丰饶了此前的日子。
滋养桃花也安抚桃花，无论粉红、纯白，
和清香。抽走了我体内的雪。
心甘情愿以歌谣的方式，一次次
复苏残缺的莲池，和春天。

万紫千红了！慈祥的皱纹里密布着：
光彩、啁啾、清风、炊烟……

民歌升起来

如沐春风！丝绸一样，微醺的感觉，掠过
每一个毛孔。看山明水秀，
天阔云浅；听清泉潺潺，新绿萌生。

民歌升起来了！童年的民歌，越过
山脊，牵动每一寸
毛发的翩然，和步履的轻盈。

远方。花香辽阔。传来一阵阵
鲜丽的回声。

旗帜：山丹丹花开

咀嚼风雨。在铸造青铜之后的斑驳岁月里扑腾。
一双与蓑衣同色的草鞋源自湘江评论，
和着树皮
草根。还有雪山的爬，草地上
青一块紫一块的过。静谧中，
听纺车吱溜溜的哼唱，
用最后一根火柴微弱的光，
照见江山的呼吸，照见红土的呐喊，
和山丹丹花开！山丹丹，
浸在先辈的苦恋里，含泪，光闪闪的开！

就让这一朵一朵的红，
依偎着金灿灿的镰刀铁锤，
就让这哗啦啦的展，燃起燎原的芬芳。
旗帜！你明丽如火的经纬，
在九十年后的蓝天下，被幸福的目光，
不由自主地，一点点放大。

一封血染的遗书，和半件破旧的灰色军装，
在那处被称作博物馆的年轮里睡眠，
不远不近的距离。
所有的纸，望着这些烙铁般的心跳，
奔涌出山丹丹的颜色，和记忆。不能忘，

今天的风和日丽，是匍匐之后的挺直。

踏歌而来，先前的坎坷和未来的左右逢源，
都在一枝一叶的摇曳中成书，成颂。
山坡上，还有当年的坚忍不拔。

还有，在诗之歌之的事物中恒久的根脉。

清晨，听《十送红军》

一种若有若无的情绪，被这露珠般的歌声
粘住。开放，就是一段潮涌。正在信仰的洁净里，寸步不离。

把目光培植成辽阔的时候，南昌城头上，
有一架桥，走过一波一波光明。坚定！
要血性的姿势，挺身于历史的大书，灼灼，
透过纸背，透过出土的编钟，轰轰然，
是前无古人的，蓬勃。

而梧桐细雨，一点点注入深情。
雪崩或者饧涩，都从那支歌子里，缠绵
跌宕。灰色的绑腿，行进在伤口之后的殷红中，
不屈不挠。那些在后来成为万顷波澜的小调，
脱口，而出。倚着望红台畔的良沃，
金灿灿的苞谷，越过天涯，鸿雁，擎起
号角一般的黎明，漫山遍野了。

啼血之后，一只鸟，在左雕龙，在右画凤。
搭起嘹亮的彩门，五湖四海，用五湖四海洗出的
胜利，回来了！一枚叫做歌声的勋章，
挂上九百六十万平方公里的前胸，悠扬。

仰望在歌声中走过的背影，山一样，长出月亮的
叶子。清香。是可以治穷医衰的草药。飘过九十年，
捧起来，依然会泪流，满面。

梦想，挂在羊肠小道上

就把梦想挂在羊肠一样的的小道上了。那位
在闽西的山林里写出梦想的诗人，坚毅，豪迈，
渐渐成为敬仰。就这样，脚下的路，
就不是通向未知，不是通向镜中涟漪，和无路可走。

比起死亡，有点泥泞也不算什么了。还是要走，
把羊肠小道走完。走过雪山，草地，
大渡河，娄山关……旗帜般的高峰也是道路，
登高才能望远。

看见那艘航船的桅杆了！一帧画轴，在顶端展现的
还只是线条。就认定不是梦境！朝思暮想，
是惊蛰，可以让大写意的巨笔挟雷裹电！虽然，仍有人
无动于衷。

看见喷薄欲出的一轮朝日了！漫天的霞，从那棵叫做
东方的树，古老的上空，铺展开来，如同一声命令，
清泉石上流。坎坷，再也挡不住脚步。
诗人，湖南的口音里，映出万里山河娇美的脸庞。
君行早，抛却夜风晓雨，在身后……

后生仔啊，离开羊肠小道好多年了，还在当年的
梦想里，前行！衣着光鲜，芬芳，用强健抚摸
昨天的屈辱。大道上，清风拂面而来，拂风流人物，
而今迈步，当惊世界殊！

后　记

　　我固执地认为，诗歌的根本在抒情。那种犹如水晶般绚丽而克制的唯美抒情。正像在"中国好声音"比赛中，汪峰所说：感情比技巧更能打动人，感情比技巧更可贵。当我读到"可以容纳所有水的字，才能写成海"（龚学敏句），目光为之一亮！我在参加政协活动的很多场合，都把此句融进我的发言中。我也把这种被称作"维系着新诗百年来最触动人类心弦的命根"的抒情，努力地伸展进我的诗歌实践。这种在当今也许是"边缘"，也许会"被遮蔽"（梁平语）的追求，我想，将会被更多的人所认同。

　　作为一个汉语诗人，我坚信汉字的神性。无论光阴如何流转，汉字不会老。用汉字构成的抒情力量和吟诵方式，经过岁月的洗涤，依然在我们的血液里流淌，依然在我们的生命意识、生死情怀里留有烙印。打捞起、挖掘出那些足以抗拒岁月流逝，那些依然能够打动我们，那些在任何时代都能给欣赏者以美感、以刺激的东西，去除遮蔽，复活其神性，留住其在心灵深处的那缕馨香，不正是我们这一代习诗之人的责任么？

　　在许多人看来，挣钱是第一等大事。但这绝不会也绝不能是最终目标。当赚钱成为人生的终极目的，那份维系社会与人心的内在秩序就会崩盘，对天地历史的敬畏就会消失，安身立命的道德就会颠覆，对生命的理解就会异化。所以，还有诗意与诗性的存在，这应该是我们心里的一盏小灯。是既能给自己慰藉，也能照亮周围的一盏优雅的小灯。她让我们不是麻木地行走在世间。

　　优雅——诗意和诗性是可以培养的。当年准备建造苏州美术馆的地方，有一棵非常漂亮的树，很多人担心保留这棵树会被游人揪光叶子。贝聿铭说，不会，我设计的这座美术馆非常优雅，人们进了这里会自然而然地忘掉粗鲁。结果，这棵树的叶子一片也没有被人揪下来。

　　优雅的环境能够造就优雅的人。

　　优雅的诗呢？

　　这是我的第十本小集。收入这本集子的 249 首诗歌是我近年来的新作。这些诗歌实践着我对情、景、物、事的诗意的挖掘，梳理了意象营造时智的发现和情的延伸，体验着坚守住内心的声音，坚守住精神的价值，坚守住"责任、人格、心灵的理由和信仰的渴望"，强调精神内核的铸建和爱的提升。

　　道不变，爱亦不变。正像这本小集的题名《爱你如初》一样：

　　爱夫人如初，

　　爱诗歌如初，

　　爱师友如初，

　　爱这片热土如初，

　　爱给予我生命、幸福和帮助的人们如初！

　　感谢亦师亦友的王昕朋先生多年来对我的关照和鼓励！无论我在顺境或逆境，无论我曾勤勉或懈怠，都能得到他的鞭策、指点和帮助。这本小集也是在他一再督促之下成册的。感谢我尊敬并喜爱的诗人、评论家沈健先生在教务繁忙之时拨冗为小集作序，给这本小集添了亮色。

2013 年 11 月 18 日夜于新沂